RIPOSTE

Louisa Reid est lectrice, autrice et professeure de lettres. Elle adore partager son amour de la lecture et de l'écriture avec ses élèves. Elle habite avec sa famille dans la région de Manchester, en Angleterre.

Les textes de Louisa parlent de choses qui comptent pour les adolescents et adolescentes – et pour tout le monde, en vérité. Les thèmes de la puissance féminine et de la liberté personnelle l'attirent particulièrement. *Riposte* aborde le harcèlement et l'image du corps, sur fond de boxe. Louisa espère que le livre rencontrera un écho chez tous ceux qui ont déjà eu à se battre pour croire en eux, ce qui est, pour beaucoup de personnes, très, très difficile.

Ouvrage initialement publié en 2019 en langue anglaise
par Guppy Books, sous le titre : *Gloves Off*

18, rue Barbès, 92128 Montrouge Cedex
ISBN : 979-1-0363-2625-7
Dépôt légal : septembre 2022
Deuxième édition

Loi n° 49-956 du 16 juillet 1949 sur les publications destinées à la jeunesse.

Louisa Reid

RIPOSTE

Traduit de l'anglais (Royaume-Uni)
par Clémentine Beauvais

bayard

« Si t'arrives à pas flancher alors que tu sens que tu craques, c'est ça qui fait toute la différence dans une vie. »

Rocky Balboa *(Rocky IV)*

PARTIE 1

CHAROGNE

je me mange la rue –
c’est crade,
c’est caillouteux, coriace,
le choc
déloge
le souffle
de mon corps.

plaquée par terre,
je tente d’attraper mon sac,
la honte me picote les paumes,
et les genoux,
et le menton.

je me relève pas.
je fixe le sol.

comme une poussière
dans l’œil.

sauvetage

le temps que s'estompe le tonnerre des bruits de pas,
que le vacarme des voitures
noie les injures –

qui me retrouve ?
qui me ramasse sur le trottoir,
m'aide à rentrer chez moi ?

(mais merde,
ça fait
combien de temps
que je suis
étalée là ?)

j'aime pas qu'on me
VOIE.
j'aime pas qu'on me
REMARQUE
surtout comme ça –
dans le pire état.
ce que j'aime c'est faire comme si
personne savait
qui je suis,
comme si je me cachais bien,
bien cachée là
en face de toi –
invisible,
quoi.

mais quand t'es
à terre,
abattue
d'un coup,
ravagée,
alors c'est clair qu'il y a quelqu'un qui t'a mise là,
et que t'as pas lutté contre,

trop faible.

trop lâche.

quand même
j'oublie pas de dire merci
à la dame qui me dépose chez moi.

ça coûte rien d'être polie.

nos vœux les plus sincères

je tourne la clef dans la serrure,
et j'entends la voix de mikey –
'elle est là, elle est là ! lily ! lil !'
il accourt,
m'agrippe la main,
pas le temps de m'échapper à l'étage,
et il me traîne dans le salon
où maman et tata clare attendent
avec des ballons.
sous un déluge de serpentins.

'joyeux anniversaire lily !'
ils chantent en chœur
si fort que toute la rue
risque d'en profiter,
même le bébé babille,
gigote en rythme.

je roule en boule le reste de ma journée
au creux de mon poing,
et je souris.

SWEET SIXTEEN

il y a des bises d'anniversaire et du gâteau.
une tourelle de bougies roses
scintille et étincelle,
mikey applaudit,
sautille,
se servant du sofa comme d'un trampoline,
pendant que j'éteins mon âge – les seize d'un coup –
les yeux plissés,
et je fais un vœu.

'regarde ce que j'ai trouvé !' s'écrie mikey,
et il me plante un paquet dans les mains.
je déchire le scotch,
je jette un œil.
'oh, wow, oh, merci, mikey, tata clare, c'est
génial.'
du maquillage,
une palette pour les peintures de guerre.

‘tu peux te marier maintenant’, dit tata clare,
avec un petit clin d’œil
ah non merci
‘ou juste jouer au loto’, elle me tend un billet
pour le tirage de demain soir,
et cette idée me fait sourire.

maman m’a crocheté une écharpe,
juste parfaite, bonnet et gants qui vont avec,
teinte arc-en-ciel.
‘ça te plaît, lil ?’
elle demande, et m’observe
hyper anxieuse,
‘il fait de plus en plus froid,
ça te tiendra chaud.’
je m’enroule dans son amour,
c’est parfait, maman, tellement beau

mais je sais bien qu’il y a pas moyen de s’approcher
dans un rayon de dix kilomètres du lycée
avec ce genre de chose autour du cou.

DANCING QUEENS

maman balance abba à plein volume
et mikey nous tanne
pour qu’on fasse des jeux –
des chaises musicales, il décide,
alors on participe
et on le laisse gagner.

't'as pas préparé de piñata, tata bernie ?'
demande mikey,
on rigole, on taquine maman,
puis j'attrape mon cousin et je le fais
tournoyer
dix fois
jusqu'à ce qu'on dégringole sur le sofa,
le cœur en vrille, la tête en vrac,
et je le chatouille jusqu'à ne plus entendre
que son rire.

BERNADETTE (1)

À la naissance tu étais parfaite.
Maintenant,
Je te dévisage,
Là, devant moi,
Seize ans !
Je te regarde, je m'émerveille
De la forme de ta figure,
De l'arc de tes sourcils,
De la courbe de tes lèvres,
De la longueur de ton cou,
De la force de ton dos,
Du rebondi de tes joues,
De la joie dans ton rire,
De ton cœur, si tendre.

Oh, Lily.
Tu es mon chef-d'œuvre.

CHACUN SA CHUTE

mon père me croit maladroite.

je le laisse pas repérer
tous mes bleus,
mais parfois il me scrute, et il me pose
des questions qui me font grincer des dents,
et me donnent envie de me cacher.

'joyeux anniversaire, lil', il hurle dans le téléphone,
et l'autoroute aussi, tonitruante,
me dit bonsoir.

il ne rentre pas à la maison ce soir,
il bosse longtemps
et loin
et c'est pas bien payé.
c'est pour ça qu'il faut que moi
je travaille dur au lycée,
pour m'élever dans la société,
comme ils disent.

mais comment tu fais si t'arrives pas à te concentrer ?
s'il y a toujours trop de bruit ?

seize ans –
je devrais savoir quoi faire,
savoir contrôler
tout ce que je ne suis pas.

je reste là sans dormir,
dans le petit matin lacéré de sirènes,
et celles-là c'est pas mon problème
mais elles sont assez proches
pour me rappeler
que par ici
personne n'est jamais
en sécurité.

3:00

la porte d'entrée s'ouvre, se referme.
et j'entends maman dans le couloir
qui murmure, le cliquetis des
lumières qui s'allument,
la bouilloire qui ronronne,
et le bruit caoutchouteux
du frigidaire qui s'ouvre, se referme.

je me demande
si c'est papa.

du haut de l'escalier
je tends l'oreille.

oncle ray.

oh, pitié.

dégage.

'SALUT',

il me dit, posé là,
les pieds sous la table,
petit déjeuner complet sur les babines,
trempouillant un morceau de pain frit
dans un reste de jaune d'œuf.
'ça roule ? nourris ta gosse, bernie, espèce de glandeuse',
il se marre,
l'œil sur moi,
pas de carte, pas de cadeau, enfin ça c'est pas étonnant.
maman s'avance vers le placard,
la mine grise, les yeux cernés,
masque un bâillement sous sa main.

ils ont discuté toute la nuit,
sa voix à lui
résonnait
dans l'escalier,
jusqu'à ma chambre,
sonore, profonde, grave.
il l'aime, sa voix,
il fait du karaoké le week-end,
dès qu'il peut.

et là ce matin
ray fait son téméraire,

il s'est rasé avec
un rasoir de mon père.
'c'est une paresseuse de première, hein, lil ?'
sa blague le fait rigoler, il montre ma mère du doigt,
mais moi je souris pas,
je m'assois pas.

'eh ben, allez',
il dit à maman,
'active-toi.
bouge-toi le cul, ou bien ?'

ray débarque
quand papa n'est pas là
et maman
le laisse entrer.

si papa était là
il dirait à ray de foutre le camp.

une fois j'ai vu maman ouvrir son porte-monnaie
et lui donner tout ce qu'elle avait.

je sais que c'est lui quand il frappe à la porte :
un coup de marteau.
si personne n'ouvre
il appelle par la fente de la boîte aux lettres,
et puis il se pointe à la porte de derrière,
'je sais que t'es là',
il beugle.

je suis lâche. je la laisse toute seule face à lui.

à PLUS, maman

une bise pour lui dire au revoir
et je sors en claquant la porte.

oncle ray il est
de la police,
    normalement on devrait pouvoir
    lui faire confiance.

BERNADETTE (2)

Le passé
Me poursuit,
Prédateur
Qui connaît tous mes regrets,
Toutes les hontes que je ne peux pas oublier.
Mon frère, Ray, fait un grand sourire.
Sa face partout sur la table du petit déjeuner.
Et son poing
Dans mon ventre
Dans l'allée
Près du lycée,
Il y a vingt ans.
À me prendre la monnaie du bus,
À me tirer les cheveux,
À dire à ses amis qu'ils peuvent en profiter.

Et moi je suis toujours la gamine
Incapable de lui dire de dégager.

Tous les jours
Je regarde ma fille partir,
Je la vois s'éloigner,
Fermer la porte,
Le fardeau sur ses épaules.
J'essaie de ne pas pleurer en pensant à cette force qu'elle a,
Je ne sais pas comment, apprise.

Et moi, qu'est-ce qu'il me reste ?
Je me plante dans sa chambre, j'observe les photos sur ses murs.
Elle serait furieuse si elle savait que je suis là
À tripoter ses trucs,
À tenter de me frayer un chemin jusqu'à ses pensées.

Je dis à Lil que c'est tout ça qu'elle va laisser
Derrière elle,
Et c'est cette pensée-là, la plus triste de toutes.

FUCK LE LYCÉE (1)

c'est tout
ce dont je suis capable pour aller au lycée :
laisser mes jambes faire
ce que je préférerais pas qu'elles fassent –
comme si l'aiguille pointait dans une seule direction.

éviter le bus bruyant embêtant,
les coups de coude les gens qui poussent, pas assez de place,
la certitude que je serai assise toute seule,
alors je prends le trajet le plus long.

personne ne m'attend ce matin.

je passe la journée à esquiver
visages,
injures.

plus tard, sur le chemin de la maison,
encore une fois
je suis les rues
toutes saupoudrées d'automne,
je tacle les feuilles et les ordures,
je me bats contre la fumée,
coup d'œil derrière l'épaule.
faire mine de pas traîner.

(si quelqu'un tente de m'agresser
je me figerai,
attrapée, agrippée,
j'ai un cri déjà préparé,
il me serre la poitrine comme un étau, comme un anneau,
et je me détesterai de pas pouvoir courir.)

partout des ombres me scrutent.
je me dis que je vois
des choses qui n'existent pas.

BERNADETTE (3)

Le regard sur l'horloge.
Où es-tu ?

Quand tu étais petite
Tu étais mon ombre minuscule
C'était presque comme si nos deux respirations ne faisaient qu'une.

Je savais ce qui te rendait heureuse,
Ce qui te rendait triste.

Quand tu grandissais
Je disais à ton père qu'on avait passé une journée merveilleuse,
Et c'était vrai,
Je crois.
Ça n'avait jamais l'air de t'embêter
De rester chez nous à jouer dans la cour.

On construisait des pâtés de sable l'été,
On s'éclaboussait dans la pataugeoire,
On faisait pousser des fraises dans des petits pots
Avec des graines que je commandais par téléphone,
On évitait d'affronter des visages.

Ton père et toi vous avez rapporté
Des têtards du parc.
On a fabriqué une sorte de mare, on les a regardés grandir,
Tu riais de les voir
Changer,
Tu essayais d'attraper
Les bébés grenouilles
Qui bondissaient.

Quand tu as commencé l'école
Je ne t'ai pas appris à te faire des amis
Et à les garder,
À créer des liens,
À t'imposer.
Je ne t'ai pas appris à marcher aussi bravement,
Aussi brillamment, que tu souriais,
Je ne t'ai pas appris que ton cœur pouvait brûler
De tous les rêves,
Les oser.

une journée de plus

je rentre errante à la maison,

je suis la route aussi
loin que possible.

je regarde le ciel
et je pense que si seulement je pouvais courir
j'attraperais le soleil qui disparaît,
je volerais
la lumière,
je me ferais conduire
loin d'ici, ailleurs,
vers un autre monde où je serais
quelqu'un
de nouveau.

j'ai essayé une fois,
couru aussi vite que j'ai pu,
haletant,
trébuchant,
les pavés irréguliers me faisaient tomber,
le long de l'allée, en direction
du terrain vague
plein de métal déchiqueté
qui s'étend derrière les maisons
jusqu'à des lieux qui ne ressemblent
plus à rien.

là bas c'est certain je la trouverais,
la fontaine d'or.
mais le soleil
courait plus vite que moi.

il faisait nuit alors
que moi
j'avais à peine commencé.

de retour à la maison,
je regarde par la fenêtre de la cuisine.

maman
à table
toute seule.
ce serait facile de lui faire peur,
coup de poing sur les carreaux
pour qu'elle sursaute.

elle sirote son thé,
trempe un biscuit,
regarde sa montre,
se frotte la tête, bâille,
et puis contemple le vide un moment.

pourquoi on ne va plus nulle part ensemble maintenant ?
ma mère ne quitte jamais la maison.
elle m'a tout enseigné de sa honte
et m'a laissée seule avec la mienne.

son visage s'éclaire comme si c'était noël
quand je passe la porte.
je m'assieds avec elle.
on écoute la pluie, on se dit qu'aujourd'hui
c'est pas un jour à mettre un pied dehors.
on regarde la télé.
elle prend des mesures, épingle, pique et coud,
elle crée de la beauté pour celles
qui savent déjà à quel point elles sont belles.

elle a un don,
ma mère.
elle rougit quand on lui dit.

elle travaille
la soie et la dentelle, le velours et le tulle,
des mystères de grâce
qui embrument la pièce
de leurs plissures rêveuses.
elle coud
des jupes étroites
qui épousent la peau.
des trucs que je pourrai jamais porter
(jamais jamais,
comment ils me REGARDERAIENT !)
        'si on te faisait quelque chose de joli'
maman me tapote la main, me montre
un patron.

je secoue la tête.

        'alors donc tout va bien ?'
elle demande,
et rompt un fil d'un coup de dents.
je hoche la tête.
j'essaie de lui dire que je suis
heureuse au lycée.
mais les amis qui tous les jours
font semblant de sourire
        et puis
        se détournent,
disent qu'ils vont s'asseoir avec toi à la cantine

et puis
disparaissent,
prétendent qu'ils n'ont rien fait pour leur anniversaire,
c'est pas que t'étais pas invitée,
ces amis sont là quelque part,
une présence
dans les appels qui ne viennent jamais,
dans les messages que je ne reçois pas.

je fais une photo de mon visage
et je me demande
si c'est assez bien pour être partagé.

je sais que je prends trop de place.
que sans moi
on s'amuse mieux.

je lui apporte des mensonges du dehors et
elle me sert de l'amour,
des louchées de bonté,
des bols d'espoir
qui me prennent à la gorge.

et puis, comme si elle devinait,
parfois elle m'attrape la main et dit,
'un an encore, lil,
plus qu'une année.'
et je pense à aller de l'avant
en la laissant derrière.

planifier ce que je pourrais devenir
on ne peut pas
lutter contre.

sauf que je ne crois pas qu'elle se rende compte
que moi j'ai juste envie
de partir d'ici.

nouvelles chaussures

j'avais soigneusement ignoré ce qui se disait,
cire dans les oreilles,
mais
voilà que
jeudi midi, mollie me dit,
'tu viens demain ? au truc de stacey ?'

les filles m'entraînent sur le côté.
je sais que je devrais pas
y croire,
mais elles sourient,
on dirait tellement
que c'est vrai,
alors je cache mon sourire dans ma manche.

mon amie
(vraie amie ?),
ma vieille amie
(véritable amie ?)
mollie.

notre histoire a commencé
le premier jour d'école.
patouilles à la peinture,
tu veux jouer avec moi ?,

couronnes de marguerites, cache-cache,
sauter à pieds joints dans les flaques,
secrets, histoires, aller dormir chez elle.
pendant un moment, mais plus tellement maintenant.
plus tellement depuis assez longtemps.
alors je suis un peu éberluée
d'être intégrée.

oui, ok, je dis,
en réfléchissant à toute vitesse,
le regret déjà me cogne, accélère mon sang,
mes joues s'empourprent.

j'ai rien à me mettre,
tu sais.

'ben, t'inquiète',
elle hausse les épaules, 'c'est pas grave.'

leurs yeux glissent
de l'une à l'autre
puis vers mes pieds –
elles échangent davantage qu'un regard.
'j'ai des chaussures
dont j'ai plus besoin,
t'as qu'à me les acheter si tu veux,
trente balles,
elles sont cool', dit mollie.
(je rate pas leurs ricanements, je suis pas idiote.)

pas la peine de demander à maman
pour l'argent –

le salaire de papa
ce sera pas avant plusieurs semaines.

mais je sais où elle planque
ses réserves secrètes –
l'argent qu'elle a reçu à la mort de grand-père
et qu'elle garde
en cas
d'urgence.

je me dis que ça se défend.

VENDREDI

on attrape le bus pour chez elle.
mollie parle non-stop
du mec sur qui elle est.
comment elle compte
le choper en soirée
si tout se passe comme ça devrait.

sa mère me voit, s'exclame, surprise,
'comment ça va, lily ? ça fait tellement longtemps !'
on se précipite à l'étage,
loin des questions,
on rigole et on fait des plans.
je regarde mollie se transformer
(mais pas en la fixant, juste je jette un œil
de temps en temps,
tout en écaillant ce qui reste

de vernis à ongles
au bout de mes doigts).

son jean est étroit, déchiré.
son débardeur est court,
une seconde peau,
ses seins très hauts,
son ventre plat,
encore tout bronzé de l'été
(ou de soleil en bouteille,
orange,
fausse beauté,
mieux que rien).

elle se contemple, fait la moue, minaude,
ce qu'elle voit lui plaît, elle se tourne vers moi.

et voilà
j'entre en scène.
je peux hocher la tête,
la regarder d'en bas,
exister,
un instant,
le temps qu'on me demande
mon avis.

'j'ai l'air comment ?'
mollie le sait déjà,
mais je lui dis quand même
qu'elle est belle.

'bordel, je suis tellement grosse',
elle dit

l'œil toujours rivé
à la fille dans le miroir
qui scintille
resplendissante,
époustouflante,

t'es magnifique,
je lui dis à nouveau,
et j'ai envie de disparaître sous terre.

elle me dit pas merci
et j'accepte sans me plaindre
qu'elle ne me réponde pas
toi aussi.

L'année dernière

mollie m'a invitée chez elle
et je suis restée dormir.

lundi matin
elle a raconté à tout le monde

que je l'avais regardée se déshabiller,
qu'elle m'avait chopée en train de la mater

sale gouinasse

Dans l'ombre

eux ils vont en soirée pour danser
moi
pour regarder.
pour voir comment ça se fait tout ça :
grandir, se fabriquer
un personnage, des filles qui éclosent
et fleurissent,
papillon pétillant,
libellule dorée.
(leurs dents tranchantes comme des crocs,
leurs ongles comme des griffes.)

je suis assise dans un coin.
les chaussures
trop serrées
pour rester debout
ne me vont pas du tout.
(j'ai rien dit,
tendu l'argent,
et autre chose
qui me brûlait de l'intérieur.)

la maison de stacey est transformée :
flashs dans l'obscurité,
coups de poing de la musique,
l'air rempli de fumée et de lumières.

les garçons
en grappes se bousculent,

les filles
crient et paradent.

comme si c'était une mission pour la lune,
un groupe se met à danser.
ils connaissent
la choré,
sau
    ter
        vers l'ar
    rière,
        vers l'av
            ant,
tour d'épaules,
corps qui glissent, lestes, vite, éclats brillants, dents
blanches, yeux vifs.

tellement de peau.

je fixe.
tout ces gens-là comprennent comment ils doivent
exister.

(peut-être
que moi aussi je sais.
peut-être
que j'ai appris
dans ma chambre, en secret, répété
cette danse-là.
imaginé bouger
légèrement, facilement,

aérienne, tout le monde qui regarde, qui voit,
enfin, que je suis comme eux.
rêvé de ça, au moins,
parce que le miroir
se serait marré
si je l'avais laissé voir.
il m'aurait rappelé
de ne pas être
aussi bête.)

PRENDRE LA FUITE

plus de vernis maintenant,
je me ronge les ongles,
je me demande : est-ce que je devrais partir ?

mollie s'approche de moi en dansant,
me traîne par la main, me tire de ma chaise,
direction la mêlée.

hors des recoins, hors de l'obscurité,
je m'avance à pas maladroits vers le cœur de la scène,
le battement de la musique,
j'aime comme ça cogne,
j'attrape le rythme,
je bouge les pieds les mains les bras,
je commence à
me tordre et à danser auprès de mon amie,
à côté d'elle personne ne me remarquera.

mais des gens de ma classe
tournent autour de moi,
tout applaudissements et sourires,
bondissent en rythme.
'allez lily, allez lily !'
quoi ?

ma peau picote
mes yeux cherchent la porte
mollie recule, devient la foule, perdue –
je ne trouve plus son regard.

un autre visage.
aidan vaine.
il s'approche en dansant
alors
je recule
il secoue la tête
et m'attire

panique
chaud
partout
sur
mes
joues
mon
cou
gratte
et
rouge
panique

grimpe
tout
en
haut
de
ma poitrine.

'allez, montre comment tu danses',
il dit,
et comme –
il ne se passe rien –
à part qu'il hoche la tête
et sourit – un sourire qui n'est pas un sourire,
un sourire menace plus que toute autre chose –
j'hésite
puis je
décide

ok

est-ce que j'ai le choix, de toute façon ?

aidan se rapproche
il m'a jamais plu,
impossible, jamais.

mais tout le monde regarde,
et tout le monde va voir
que peut-être ça peut passer,
qu'une fille comme moi peut plaire.

aidan joue au foot,
se prend pour un homme un vrai.

tout en mâchoires et en muscles,
barbe de trois jours sur le menton.

tout le monde entend parler des filles
qu'il dit avoir chopées.
et de tout ce qu'il fait le vendredi soir
bourré
et
défoncé.

il est temps que je
retourne dans mon coin,
que je m'assoie,
au calme,
parce que là
j'ai des vertiges –
           j'oscille,
                      je tombe presque
mais il ne me lâche pas.

il est de plus en plus près,
son haleine sur ma joue,
acide, pas douce –
mauvais signe.
il sent l'alcool.

je tente d'éviter sa peau piquante,
           sa face épaisse,
                      son souffle lourd.
           mais il se rapproche, s'étire vers moi,
                                 me toise de toute sa hauteur.

c'est la première fois qu'un garçon me
touche comme ça,
se tient si près.

enfin.

(sauf en comptant la fois
l'année dernière
à une autre soirée ici,
tous à mater du porno,
et le frère de stacey
qui enfonce ta main
dans son caleçon.
tu te glaces
tu ne
sais pas
si tu as le droit
de **hurler**.)

en reculant
j'ai l'impression de sourire,
même si mon cœur tambourine
parce qu'il va sentir
la sueur sur ma peau,
les bourrelets sur mes hanches,
il comprendra,
s'il me touche,
tout ce que je cache.
(il le sait déjà,
idiote –
il t'a pas blessée,
peut-être,
au retour du lycée ?)

je me force à rester
un instant encore
et puis un autre.

à regarder la nuit qui regarde en retour –
d'un œil qui
luit,
violent, vivant.

les bras d'aidan serrent plus fort, il est soudé à moi
maintenant,
alors que détone le battement,
et il me pulvérise contre ses os,
la musique
s'élève,
        pulse, frappe,
            cogne, exige,
et aidan me tient par la taille.
il s'égosille comme s'il s'amusait bien,
                    tourbillonne,
                    et encore !
les visages ravis,
les coups de poing en l'air, et tous ceux qui nous encerclent,
lui
et nous.
les mains les hanches les bouches,
qui grimacent,
        des choses sales,
            obscènes.

        des choses que je voudrais n'avoir pas vues.
                    et aidan rigole,
                    puis murmure dans mon oreille.

qu'est-ce qu'il y a ?
il continue à me tenir.

quoi ? je dis.
je me recule, m'extrais.
il se marre.

il a l'odeur de tout ce qui est mort
dans l'allée près de chez moi
les feuilles
et les égouts
et je sens ma propre peur –
comme elle pue sur ma peau.

il me
balance
dans tous les sens

'Yeeha !' il crie,
'Yeeha !'
et je me tortille et je me débats,
mais sans pouvoir me libérer,
il tient mes vêtements, ma chair,
mon corps entre ses mains,
et il tire et il tracte et il monte
sur mon dos, si lourd qu'il m'écrase,
rodéo
il me comprime
mes boutons craquent
ma tête explose
personne ne m'entend
ou ne sait que je hurle.

'Yeeha !'
il beugle,

et tourbillonne,
et mes
pieds s'emmêlent, mes vêtements se déchirent,
lambeaux, fragments,
je tiens mon débardeur
pour cacher ma poitrine, ma peau

mais
il ne me lâche pas.
ils rugissent, ricanent,
pliés en deux, hurlent de rire –
et aidan tient bon.

combien de temps avant que je m'échappe ?
je tremble.
visage brûlant
gorge asséchée
yeux ruisselants.

tout le monde a vu.

je m'extirpe je sais pas comment
je récupère ma liberté.

mollie a disparu
mais
je l'entends rire
et caqueter,

‘t’as vu dans quel état elle était ?
ces chaussures !
t’imagines, elle a vraiment pensé
qu’on voulait qu’elle soit là ?’

dehors les bras minces et froids de l’automne.

QU’EST-CE QUE

j’ai bien pu faire
à aidan vaine ?

rien à dire
impossible d’expliquer

pourquoi il me déteste autant
du simple fait de mon existence.

peut-être qu’il me déteste
parce que je ne lui oppose pas de résistance.

COMMENT SE CACHER

‘qu’est-ce qui s’est passé ?’ demande maman,
souffle court et lourd,
visage rougi,
tout bouleversé,
paniqué, pantelant,
accaparant tout l’air.

je la repousse –
trop de choses que je ne peux
pas dire.

ça va,
je lui dis
elle me regarde,
cille,
yeux inquiets,
plissés de questions,
et le couloir
attend tous les mots
que je garde sous clef.

je voudrais demander à ma mère qui a décidé
que les filles comme moi ne sont pas acceptables ?

qui a dit que les filles comme moi peuvent pas danser
ou courir ou nager et savoir
qu'elles sont belles, elles aussi ?

le miroir se marre
je te l'avais bien dit.

j'ai envie de défoncer son rictus grimaçant.

tu devrais sortir un peu,
je hurle à maman.
arrête d'être aussi naze. trouve-toi une vie.
mais en réalité je pense que tout le monde
devrait avoir le droit de se cacher.

parce que si quelqu'un venait la forcer
à sortir de son trou, comme un renard battu
par une meute de chiens,
je pense pas que ce serait juste,
que ce serait bien.
je lui dis quelque chose
d'encore plus dur,

c'est de ta faute, maman,

je te déteste,

et je la laisse pleurer toute seule.

PLAGE

un souvenir.
ça fait plusieurs années, mais encore vif.
ma mère assise
loin de moi,
comme deux étrangères.

ça sert à quoi la plage, le soleil et le ciel ?
tout ce que je peux faire c'est la regarder là-bas,
toute seule,
on dirait qu'elle n'est pas à sa place, n'a même pas droit
à ce petit carré de sable.

viens jouer avec moi,
je l'appelle, comme si
des châteaux de sable, des coquillages, des glaces,

ça suffisait à la faire sourire. et oui,
elle lève la tête,
et puis fait non, et semble construire
un rempart autour d'elle-même,
une barrière que je ne peux pas briser.

le nez dans un magazine, elle attend
que j'en aie assez.

c'était censé être cool –
des vacances !
voyager,
dresser des listes de choses à faire,
rêver de vagues
et de chaudes journées ensoleillées,
planifier, faire les valises, l'excitation qui monte –
les tournesols jaune vif
dans la grisaille.

les nuages ont glissé devant le soleil
et je me suis demandé pourquoi elle voulait pas
sentir la mer contre sa peau,
le soleil sur ses épaules, le sable entre ses orteils.

elle restait assise loin de nous comme si elle ne voulait pas
nous contaminer de sa présence,
elle gardait son corps à distance, mais quoi qu'elle fasse
les gens la regardaient quand même.

nous on est pas du genre touriste en maillot de bain.
pas du genre estival.
pas du genre short t-shirt fraises à la chantilly
pelouse verte avec vue sur la mer.

BERNADETTE (4)

Les yeux de ta fille
Gris cendre,
Brûlés entièrement.

Tu l'attendais,
Tu espérais qu'elle revienne
Heureuse,
Que ce soir serait le début de quelque chose
De mieux –
Des amis, au moins.
Mais son visage est blême et
Elle ne croise pas ton regard.

Elle tient son manteau serré autour d'elle, épaules voûtées,
Visage fermé.

'Qu'est-ce qui ne va pas ?'
Demande Joe, enfin rentré.
La mine pleine d'attentes,
Les bras ouverts, affections ignorées
Par elle, qui passe devant, grimpe l'escalier.
Comme si je savais.

Les ados,
Je lui dis.
C'est cruel.

T'inquiète pas, c'est juste une phase,
Elle a des sautes d'humeur ces derniers temps.

Et il n'y a rien que je puisse faire.

FUCK LE LYCÉE (2)

je veux pas aller à l'école.
personne aime les lundis.
il crachine
il fait gris
et je
me sens
démolie.

je me tiens près de la route

il est
tôt, il fait nuit,
c'est facile de pleurer ici
dans le froid
sans personne autour.

le vacarme du trafic.
je me redresse, je me demande
si j'oserai avancer la prochaine fois
qu'un trente-six tonnes passera par là.

je vois l'asphalte qui s'ouvre
pour m'avaler,

je me déteste
d'être trop lâche
pour sauter.

personne ne me parle de toute la journée,
mais ils n'ont pas peur
de me regarder et de rigoler.

en classe je tente d'ignorer
les yeux dans mon dos,
les jugements à voix haute.

tente d'ignorer les mots
comme c'était marrant
t'as vu
trop bien

je me penche en avant sur ma chaise
pour me ratatiner remplir
l'espace
sans déborder
comme du flan
de la gelée
de la sauce
quelque chose d'épais,
de dégoûtant.

je me lève,
trébuche contre
le pied d'une chaise,
m'entortille dans mon sac,

chuchotis
ricanements
sifflements.

aidan fait un clin d'œil,
tourne sa langue
dans sa bouche,
s'attrape les boules,
secousse vers l'avant,
stacey lui prend le bras
et rigole.

ORAL

devant nous la prof explique
la dernière torture en date :
une épreuve d'oral.
elle dit :
'ça fait partie du bac –
pensez à vos notes,
à votre examen,
je veux que vous vous prépariez bien.'

je stresse toute la semaine,
genoux tremblants,
pieds qui giguent,
ongles rongés,
cœur en chamade.
parlez de quelque chose d'important
parlez avec passion, faites grande impression,
elle dit.

j'ai envie de lui dire que je ne pourrai pas,
exprimer
que ça va être atroce pour moi,
mais j'imagine ses questions,
sa désapprobation,
et qu'elle saura exactement pourquoi.

alors je passe des heures dans ma chambre
à penser, préparer, à écrire, m'entraîner,
si je parle bien, peut-être que mes mots
feront tout le boulot
et qu'ils ne verront pas
le reste de moi.

je vais parler de guerre.
de comment un jour je compte laisser
tout ça derrière moi et aller chercher
des gens qui souffrent vraiment.
comment je compte aider
à soigner.
je raconte ça à maman au dîner,
elle hoche la tête, sourit
et dit

'oui !
c'est génial, lil,
quelle super idée !'

plus tard je m'entraîne dans le salon,
entre deux volutes de soie,
maman m'applaudit des deux mains,
mais ça résonne creux, rebondit sur les murs,
c'est comme une claque qui me fait me demander
si quelqu'un va entendre ce que je dis.

LES CHIENS ABOIENT

la prof m'appelle,
ce qui déclenche des grognements.
j'entends ces mots à nouveau, sur les lèvres d'aidan,
boudin !
grosse pouffe !
yeeha !

mon visage me brûle
et je triture mes vêtements.

les yeux se rivent sur moi,
les visages font pas semblant
de s'intéresser.

est-ce que je vais même arriver
à dire le premier mot,
à parler
des bombes et des blessés,
des massacres, des morts ?
ma
voix
t r e m b l e

mes mains aussi,
lesmotssortentviteettoutpetits
trébuchants,
balbutiés,
jetiensmesfichesdenotesquisefondenttoutesmélangées

je sais que je pense
que ces mots ont de l'importance.

la classe bourdonne :
bips des téléphones,
voix qui fusent,
quelqu'un ronfle, fait semblant de dormir,
je ne peux pas rivaliser,

mais je parle et j'essaie
de m'en moquer. j'essaie
de ne pas remarquer comme ils regardent
des bouts de moi qui sont trop **gros** et
remplissent mes vêtements.
bourrelets, graisse, pas moyen
de faire comme si c'était pas là.
de faire comme si j'entendais pas les mots masqués par
des toussotements
dans les poings,
de voir les garçons
au fond,
aidan et son rictus,
mollie qui ricane.

je pourrais tout aussi bien
être nue, la manière dont leurs yeux me déshabillent et me
pèsent, mesurent, évaluent, font les comptes.
la prof fait *chut*
mais personne n'écoute
ni moi ni elle.

je ne suis rien de plus que ma taille, et cette taille fait de moi
rien, et trop.
un
paradoxe.

La caravane

madame, s'il vous plaît, je peux retourner à ma place ?
la prof déglutit.
hoche la tête.

Passe

stacey se lève.
toute la classe fait silence.
tout le monde sait
qu'elle a une idée derrière la tête.

'allez, stacey', dit la prof,
'commence.'
elle est soulagée, elle sait que ça va bien se passer,
la classe va écouter,
elle n'aura pas à tenter de les faire taire,
de les faire rester en place.

(la prof est jeune, voix petite, elle articule,
dans le vide, des mots minuscules.)

mais
quand stacey sourit et me regarde
moi je sais
que ça va être
difficile à entendre.

'le dégoût',
elle dit.

puis fait une pause.

(drama queen, comme elle aime ce moment,
dégage une mèche de cheveux, chauffe la salle.)
elle montre la première image sur l'écran,
parle comme une pro.
photo d'un cou d'autruche,
ensanglanté,
plumé,
plein de trous.

'trypophobie', elle explique.
toute la classe se penche en avant, fascinée,
tourne la tête pour mieux regarder.
'c'est juste du dégoût', elle dit, et hausse les épaules,
'à la vue d'un truc dégueu.
une réaction normale, naturelle, humaine.'

elle nous montre d'autres choses :
du vomi.
de la merde.
elle se pince le nez,
la classe se rétracte.
il y en a qui font semblant d'être malades.

je sais ce qui arrive, je le sens jusqu'à la moelle,
la manière dont stacey fait silence,
puis m'observe
en cliquant pour passer à la diapo suivante.
elle s'éclaircit la gorge,
commence,
'gro sso pho bie', elle dit,

et puis l'épelle
l   e   t   t   r   e
à   l   e   t   t   r   e,
s'attardant sur la longue complainte du 'o',
sifflant le 's',
faisant rouler le mot dans sa bouche
avant de le cracher.

elle hoche la tête,
esquisse un geste vers moi, me cible
moi, quoique très subtilement,
et dit
'ça fait partie de l'évolution, vous voyez, c'est
parfaitement naturel
de penser,
sérieux, je préférerais mourir
que de ressembler à ça.'

elle désigne, cette fois,
la femme sur la photo, dont le corps
déborde d'un lit, dont le regard semble perdu
dans la chair de son visage.

'cette femme-là n'est pas seulement grosse',
dit stacey,
(comme si elle était experte sur le sujet,
longues études acharnées,
doctorat à la clef,
et maintenant elle *sait*.)
'elle est atteinte d'obésité morbide.
elle ne peut pas bouger, marcher,
elle ne fait que manger et manger et manger.'
elle hausse les sourcils, secoue la tête.

une autre diapo :
un tas de junk food,
des chips des frites des bonbons des biscuits
des bouteilles de
coca des kebabs
elle revient à la photo de la femme
la classe se marre
elle les fait taire d'un seul regard :

> 'c'est sérieux, les gens,
> vous savez,
> c'est ça que nos impôts vont payer.
> elle va mourir trop tôt,
> par sa faute,
> des millions gâchés par la sécu.'
> elle secoue la tête.
> 'moi j'appelle ça de la cupidité.'

elle me regarde, sourire-grimace.

le sang me tamponne les tympans,
un fusil mitrailleur,
la salle tourbillonne,
je reste incrédule, posée là,
paralysée, horrifiée,
le visage incendié,
à fixer le sol comme s'il pouvait
me sauver.

(elle est venue chez moi
juste une fois
en sixième.

maman a été gentille avec elle
mais je voyais bien
que ça marchait pas.
stacey n'a pas touché à son dîner
et a appelé sa mère
pour qu'elle vienne la chercher
plus tôt que prévu.)

la prof dit 'avez-vous des questions pour stacey ?'
des mains se lèvent comme des coups de poing.
stacey ambiance la salle, sourit,
rit,
hoche la tête.
c'est qui la personne la plus grosse que tu connaisses ?
est-ce que les gros ils peuvent coucher avec des gens ?
tu pourrais être amie avec quelqu'un de gros ?
pourquoi tous ces losers pompent l'argent de la sécu ?

plus tard, mollie déclare
(sourire plein de compassion,
faux,
un jeu d'actrice
            – comme si
            elle n'avait pas dit
            plein de trucs sur moi
            derrière mon dos)
que stacey n'a pas voulu être blessante.
'quand t'y penses, lil', elle dit,
près de moi dans la file avant d'entrer en maths,
alors que je suis coincée,
les couloirs un dédale
qui m'aspire et m'attrape
et me piège,

‘c’est pour ton bien, tu sais,
c’est juste qu’on s’inquiète pour ta santé.’

j’ai envie de lui dire d’aller se faire foutre.

BONJOUR TRISTESSE

notre maison est petite,
une boîte, couvercle, verrou,
compacte, comprimée, trop près
de trop d’autres personnes,
non loin de la route embouteillée,
dans un quartier où personne ne veut vivre,
dont tout le monde veut partir.

je m’aventure dehors,
je cherche un lieu
où passer la soirée,
un lieu où respirer.

il y a de la merde de chien sur les trottoirs,
les fenêtres sont fermées, barrées,
les voitures démarrent pas,
tout est cassé,
abandonné.
les gens laissent des ordures
au coin des rues,
les sacs ouverts
à la vue de tous.

‘hého, lily’, crie mme burns au numéro 53,
sur le perron en chemise de nuit,
son chien dans une poussette à côté d’elle,
maigre et vieille et décatie,
‘hého, tu vas où comme ça, jeune fille ?’
je marche dans la direction opposée,
tête baissée, comme si je ne l’entendais pas.

sur le
parterre
entre les
magasins
il y a
des gens
assis
glacés
sur le
pavé
mouillé –
statues
figées
par les
drogues
absorbées
pour faire taire
leur douleur –
ils sont
à moitié
avachis
sur les bancs,
pas même
à moitié
vivants,

trempés
jusqu'aux os,
mais la pluie
ne lave
rien,
elle ne fait
que
                    tomber
et
                    laisser
derrière elle
                    tant de
larmes
                    inutiles.

Les clôtures font de bonnes voisines

notre jardin est un carré,
une parcelle,
clôture assez haute pour qu'on reste dedans
et les intrus, dehors.

je me retrouve à nouveau là-bas,
assise sur le perron,
à regarder la nuit se refermer,
les nuages qui s'agrègent,
et la lune amère qui avale les rues,
engloutit leur souffrance,
avide de ténèbres.

c'est papa qui a posé la clôture un été,
des heures de labeur
sous un soleil brutal,
et maman observait de l'intérieur,
attendant de se sentir à nouveau
en sécurité.

je me précipite dans la maison,
à l'étage,
ferme ma porte à clef.

je recouvre le miroir dans ma chambre,
me dérobe à mon ombre,
juste au cas où
elle me verrait
et serait
dégoûtée.

j'écris leurs noms
là où personne ne les verra –
les gens qui
me font des croche-pattes, me poussent,
ricanent, rigolent, se moquent

et j'enregistre leurs visages
comme un secret
à ressortir, un jour,
et à détruire.

PAS DE MOTS

plus tard maman m'appelle.
je contemple mon assiette sans y toucher.

ma mère voudrait savoir
ce qui ne va pas
– esquisse un geste pour essuyer mes larmes,
j'esquive sa main.
il n'y a pas de mots pour dire ce que j'ai entendu,
ressenti, vu.

je repousse ma chaise, me lève, me dégage,
dégomme sur mon passage
des robes à moitié cousues,
des costumes cossus,
des habits de cérémonie,
et des aiguilles et des épingles,
dans tous les sens.

derrière la porte de la salle de bains
je me frappe
le ventre, les cuisses, le visage, les mains,
j'ajoute de nouveaux bleus,
de nouvelles taches.

ce corps que je ne peux pas changer
(pas faute d'avoir prié,
tant de fois,
pour me réveiller
autre)
il va payer, maintenant.

je pense à maman,
je l'entends m'appeler du bas de l'escalier,
'lily, je t'en prie, viens manger ton dîner,
il refroidit.'

je pense à la manière dont elle marche,
dans cette maison, monte et descend,
chaque jour, lentement, fait le ménage,
use ses chaussons, en respirant très fort,
mais toujours se déplace, s'acharne,
même quand ça fait mal.

pas dégoûtante
pas une loser
pas une ratée
pas quelqu'un dont on devrait se moquer,
quelqu'un à mépriser,
juste une personne comme les autres
qui fait du mieux qu'elle peut.
(mais pourquoi faut que ce soit ma mère à moi,
pourquoi elle pourrait pas être morte ?)

le regard rivé à la salle de bains étincelante,
aux rangées de serviettes au pliage net,
à la douche, ses carreaux rutilants,
je pense au parfum de mes vêtements, lavés,
propres,
aux jeans de mon père repassés impeccablement.

je pense à ma mère qui se cache et qui sait
qu'elle n'est pas assez forte pour eux.
mais assez forte pour nous faire tenir ensemble.
c'est ce qu'elle croit. juste en faisant tout ça.

quelle faible je suis.

je redescends.
je vais voir papa et maman.
et je leur raconte tout.

le visage de ma mère se dissout.
mon père rugit.

je suis là devant eux, tentant de ne pas ajouter
leur douleur à la mienne,
je contemple mes mains,
je me déteste d'être la cause de leur tristesse,
jusqu'à ce que papa dise :
'je vais appeler le lycée,
je vais y aller moi-même,
on va bien voir si ces petits salopards
oseront me dire ces choses-là, à moi...
donne-moi leurs noms, lil,
on ira sonner à leur porte,
et on leur réglera leur compte.'

alors il faut que je l'implore,
non, juste oublie,
on s'en fout ! c'est des moins que rien,
papa, ne fais pas ça, je t'en supplie.

'exactement', il dit, 'même moins que des moins que rien,
tu vaux bien mieux', il dit, 'tout en toi vaut bien mieux.'
et son poing engloutit ma main et la retient – serré.

ça n'a pas toujours été comme ça, lily,
j'entends dire maman dans un rêve,

dans un rêve encore je la vois
se lever de sa serviette, traverser la plage en courant
vers la mer, sa peau d'un blanc brillant,
je la vois plonger dans l'eau,
disparaître un instant, et puis émerger à nouveau,
des ailes dans le dos.

BERNADETTE (5)

Comment ils peuvent être aussi méchants ?
Joe ne me répond pas,
Mais je le vois
Bouillonner, bouillir, prêt à éclater.
'Tu savais pas ?' il me demande.
Alors je hoche la tête.
Si, je savais.
Je vois tout cela,
Toutes les cicatrices
Invisibles.
Les marques
Que la vie laisse derrière elle.
Les empreintes de doigts,
Les empreintes de pas
Estompées, sur des chemins qu'elle emprunte seule.
Les marques fantômes des
Mains qui ont tenu la sienne
Quand je n'étais pas là.

Les traces de dents.
Les coupures minuscules.
Des fragments d'elle disparus, rongés
Par les mots ou les visages tranchants.

De gros morceaux, emportés dans un ricanement.

Comment protège-t-on un corps d'un assaut de regards ?
L'amour suffit, pense-t-on naïvement,
Mon enfant.

Est-ce que c'est moi qui ai ainsi
Bâti son monde ?
C'est moi qui t'ai appris à avoir peur ?

On aurait pu, pourtant,
Croire que notre peau
Était assez
Épaisse.

et tu te laisses mettre à terre ?

'elle est où, en toi, celle qui se bat ?' demande papa.
il est tard.
il est monté me voir dans ma chambre,
(il ne monte jamais me voir dans ma chambre)

s'est perché, gauchement, sur mon lit,
les coudes sur les genoux, les poings serrés,
et me fixe
avec des yeux qui ordonnent de l'écouter.
je vois la rage dedans,
ils me mitraillent
de mots musclés,
allez,
un peu de courage !
et même si de tout mon être je voudrais
baisser le regard,
me glisser sous ma couette et
me cacher,
je hoche la tête, un tout petit peu.

'pleure pas', il dit,
'allez',
il insiste.
'elle est où ma lil ?
tu veux changer les choses ?
enfin,
fais pas ta victime,
ok ?
tu m'entends ?'

sa main est sur la mienne,
je contemple les tatouages sur son bras,
nos prénoms
encrés là.

ses mots sont durs,
mais doux, je pense aussi, pour un homme qui travaille

toute la journée
et puis revient à la maison
faire face au fait
qu'on n'est pas bien.
pas la famille, je crois, qu'il rêvait
d'aimer.
il aurait voulu être fier
de marcher à nos côtés.

je suis censée faire quoi ? je demande.

papa ne fait pas exprès de crier
quand il me dit de me battre, et moi
je ne fais pas exprès de pleurer.
c'est peut-être parce que c'est important pour lui
et pas pour beaucoup d'autres personnes.
'tu t'apitoies sur ton sort',
dit papa,
et il remue la tête.
'ça te mènera nulle part.'

je voudrais
lui hurler
t'as aucune idée de ce que ça fait,

quand tu te retrouves dans le caniveau
t'es qu'un déchet,
        entre les feuilles trempées
            et les ordures jetées
                d'un geste
                    par les vitres ouvertes
                        des voitures qui passent,

t'es juste
une merde.
point.
final.

mais pour lui
tout commence.
il endosse son manteau,
se tient dans l'encadrement de ma porte,
'je reviens tout à l'heure',
il annonce.
'toi et moi,
on a besoin d'un plan.'

explications

tata clare vient nous rendre visite avec ses enfants,
mikey met le bazar dans la maison
pendant que la sœur de ma mère fume dehors.
son mec sert à rien, et elle a pas un rond.

maman sourit et aide mikey à fabriquer
des trucs marrants, des monstres,
avec des cartons vides, de la ficelle et des paillettes,
il y a de la colle partout, il se marre,
met ses doigts pleins de peinture dans les cheveux de ma mère.

je les regarde, éberluée de constater qu'il suffit,
dans la vie, d'avoir un cœur
sans amertume.

quand j'ai commencé l'école
ma mère est retournée travailler,
elle adorait les petits,
les journées pleines et vives.
les enfants dont elle s'occupait l'aimaient aussi,
et ils pleuraient, parfois,
quand leurs parents revenaient les arracher
à ses bras.
un jour une dame est venue visiter
la crèche, voir si ça méritait
son précieux bébé.

c'est maman qui lui a fait faire le tour.
elle a tenté de bavarder, de jouer avec le petit garçon,
de lui montrer des livres,
elle a expliqué les journées,
a dit qu'elle comprenait à quel point c'était dur
de les laisser là, et de partir.

la femme la regardait sans sourire.

        'mon visage lui revenait pas',
a dit ma mère.
        'c'est à cause d'elle que j'ai perdu mon boulot.
        j'aurais dû me faire une cuirasse plus épaisse.'

pourquoi ? tu veux dire quoi ? qu'est-ce que t'as fait ?
ma mère se tait
et puis elle dit
d'une voix qui ne lui ressemble pas :
        'cette femme a appelé ma patronne,
        elle a dit qu'elle ne pouvait pas

laisser son enfant avec moi,
elle a dit qu'elle ne pensait pas
que je pourrais m'occuper de lui,
faire mon travail,
vu comme j'étais.'

je comprends toujours pas.

maman soupire.
son visage verrouillé
comme si ça la blessait
trop fort pour raconter.
comme si elle n'en pouvait plus de s'expliquer.
puis ses mots sortent, lents et las.
'elle a pensé que je risquais
de l'influencer, qu'il attraperait
de mauvaises habitudes',
dit maman.

comme si elle était un virus,
qui pourrait infecter ce bébé,
à qui on ne pouvait pas faire confiance
pour s'occuper de cet enfant aussi bien
que si c'était le sien.
elle reprend son souffle.
'trop grosse,
elle a dit de moi, cette femme-là,
trop grosse
pour bouger.
question de sécurité, ma boss a dit.'
maman hausse les épaules.
'peut-être que c'est vrai.'

c'était une connasse,
de l'intimidation, de la discrimination.

'c'est le monde dans lequel nous vivons,
mon amour, alors ça m'a blessée,
je suis rentrée,
j'ai fermé la porte,
j'ai pensé à ces mots,
j'ai essayé de changer.
eh bien, voilà le résultat.

mon amour, pardonne-moi, tout est de ma faute.
je n'ai pas été à la hauteur.
je vais essayer à partir de maintenant
d'être meilleure,
de sortir
un peu plus,

ça fait trop longtemps que ça dure.'

mes doigts s'enfoncent dans ma chair.
cette femme je voudrais la démembrer
morceau par morceau.

arrête, maman. c'est pas ta faute, je dis.
et je réfléchis à la méchanceté
qu'on s'inflige chaque jour.

PARTIE 2

BOMBE

la chose se balance au crépuscule.
papa lui flanque un coup de poing le bras tendu,
c'est énorme c'est sombre c'est menaçant,
ça danse,
ça me met au défi
de ne pas reculer.

mes mains sont emballées,
confinées, dans les gants, malaisément –
coriaces, cocons,
lourds, difficiles à diriger.
sérieux ? je dis.
'oui', dit papa, 'pourquoi pas ? pourquoi tu le ferais pas ?'
alors je le fais.

je balance
un premier coup.
le sac s'écarte gracieusement et moi je plonge

direct dans le tapis mou,
doucement, les jambes en plomb.

combien de temps on reste là dans le froid
à s'échauffer.
combien de temps papa patiemment explique
qu'il y a une technique,
que si je veux l'apprendre, je dois m'entraîner.

à quoi bon ? je demande, souffle court, courbatue,
mal aux bras à force de les balancer,
coup après coup après coup, aucun qui porte,
tout qui s'échappe dans l'air.
je serai nulle, je dis, et lui
il saisit mon visage entre ses mains et me regarde.

'quand t'es née', dit papa,
'je savais pas
que je pouvais aimer quelqu'un
à ce point.
ton grand-père est venu te voir
et il t'a jeté un seul coup d'œil et il a dit
celle-là, joe, c'est une sacrée battante
alors va pas me raconter que t'es nulle.
essaie simplement, lil.
tu vois le sac juste là.
imagine que c'est ces filles.
            imagine leurs visages.
                        imagine que tu les réduis en miettes.'

ET TU TE RELÈVES

ça fait des années que je me mords la langue,
plus facile de ravaler sa douleur, de sourire,
que de dire
Non.
C'est faux.
Non. Tu mens.

c'est de cran
que j'ai besoin. est-ce que moi je peux devenir
le genre de fille qui sait
qu'elle a le droit de gagner ?

maman sur le perron,
dans le noir, me regarde.
si moi je peux le faire –
alors elle aussi, peut-être.

d'accord, je dis à mon père, *je vais essayer*.
'bien', il dit,
'une, deux,
comme ça'.
il fait la démonstration, ses vieux gants à lui
rapides, mais assez lents pour que je voie.
et quelque chose change sur son visage,
intense,
          il s'élance à nouveau,
                    frappe plus fort,
me montre ce que j'ai à faire.
puis une pause, un sourire,
prof, père,
comme si je ne pouvais absolument pas perdre.

'ça fait des années,
je sais pas pourquoi j'ai arrêté.
    ta mère,
ça lui plaisait pas trop.
    – elle disait qu'elle aimait bien ma cervelle là où elle était,
à l'intérieur de ma tête.'
        il se tapote le crâne.
'mais ça fait du bien.
à toi.'

je ne regarde pas papa quand le sac de frappe
s'éloigne à nouveau de moi,
        moqueur,
                trop agile
et   rusé
            pour que quelqu'un
                    l'attrape.

j'essaie encore.

papa est patient, il attend,
mais c'est de ça que tout dépend.

je vois leurs visages sur ce sac, leurs sourires,
leurs sourires menteurs.
stacey.
aidan.
mollie aussi.

je respire mal, bloquée là
avec ce souvenir.

ils s'embrument, se dissipent,
éclats de regard, cils qui caressent
des joues brillantes, longues jambes qui courent trop vite
pour que je les rattrape et les agrippe.
juste une, alors, épingles-en juste une, oui,
peau nette, cheveux sombres, sourire plastique.
et ses yeux
si vastes
et si cruels
qui me regardent depuis tant d'années
puis viennent les murmures, les coups d'œil en coin,
révélateurs.

je cogne dur. je crois que je crie.
papa rit.
'c'est ça ! encore !'
alors je me mets à marteler.
je me balance sauvagement,
follement,
dingue de tout
ce que je pourrais faire. je tiens le
sac, me jette dessus,
je pilonne comme si je voulais l'éclater,
comme si je pouvais le vider de ce qu'il y a dedans
et
pour la première fois
je n'ai pas mal.

comment ça se fait

qu'ils me détestent ?
qu'est-ce que j'ai fait ?

les questions se bousculent
derrière mes paupières
quand je suis au lit
à chercher le sommeil
et à murmurer ma prière

dieu s'il te plaît
fais que quand je me réveille
je sois quelqu'un d'autre

debout et go

faire ça, ça signifie
s'extraire du lit
trop tôt le matin suivant,
enfiler
un sweat et un jogging,
me traîner au rez-de-chaussée,
pleine de courbatures déjà, de l'arrière des bras
aux épaules, aux cuisses, aux fesses,
chaque parcelle de moi
proteste.

papa est déjà habillé.
la lumière est trop forte.

je plisse les yeux, je bois un jus, je me sens vieille,
avant même d'avoir commencé.

'très bien, allez, on y va.'
je mets des baskets. au moins, dehors, il fait noir.

papa ne pensait pas que je serais aussi lente.

lui c'est pas terrible non plus.

'faut que j'arrête de cloper', il dit
et s'interrompt, tousse, crachote
dans la brume du matin.

on se déplace dans l'ombre,
les lampadaires grésillent et clignotent,
il stoppe.
          attend.
                    trotte à nouveau auprès de moi,
sans rien dire. on arrive à faire le tour du pâté de maisons.
je marche un peu, je cours un peu, j'essaie de pas le remarquer
à mes côtés, de ne pas réfléchir
à ce qu'il est en train de se dire.

je m'empêche de déclarer
on abandonne,
oublie ça,
oublie-moi.

BERNADETTE (6)

Et les voilà partis.

Elle est forte ma fille.

Je déglutis,
La peau me picote :
De la fierté, et de la peur.

Ils disparaissent.

Je récupère mon mug,
Je m'assois dans le noir,
Le thé chaud entre mes mains.

Quand elle était petite,
Ma Lily n'aurait pas fait de mal à une mouche.
Des araignées et des fourmis dans ses petites mains en coupe,
Occupée à sauver des abeilles dans les flaques,
À construire des maisons aux escargots,
Si douce.

Et maintenant

Je dois la regarder
Se tailler un autre chemin.

Joe a raison, je crois.
Quelque chose doit changer.

JOUR 1 : CHECK

'bravo', dit papa quand on rentre. moi je suis une loque.
le soleil se lève, trop de lumière maintenant.
je plisse les yeux pour observer la rue,
scruter fenêtres, route, aucun signe de vie.
personne ne nous a vus.
'même lieu, même heure, demain', il dit.
son expression est ferme.
il se penche, passe un bras autour de moi.
'fier de toi', il me dit.
je me dégage.
arrête. je pue.

ça fait du bien de me rincer de tout ça.

ça fait moins de bien de savoir que maintenant il y a cours.
les cours ça arrive quoi que tu fasses.
'plus qu'une année, mon chou',
dit maman en me tendant mon sac.
'ça va passer. tout cela va passer.'

je lui souris, je hoche la tête.
je sais. merci, je dis.
et je me demande si
je suis trop jeune pour vouloir accélérer ma vie.

BRUIT

‘c’est pas simplement de la violence’, dit papa à maman,
‘c’est prendre le contrôle.
gérer des choses
difficiles à gérer.’
il flanque une claque à la table.

ça ne ressemble pas à papa.
papa, il ne donne pas dans les sentiments,
il demande comment ça va et tout ce qu’il entend
c’est **ça va.**
en fait, j’aurais pensé qu’il éviterait
à tout prix la douleur ;
je ne l’ai jamais vu pleurer.

ils continuent à s’écharper.

il arrache la robe des mains de maman,
la rangée de perles minuscules qu’elle coud depuis des semaines,
et
quelque chose se déchire
et
quelqu’un pousse un cri.

c’est nouveau, ça, les entendre ne pas
être d’accord.

‘je ne veux pas qu’elle croie que c’est une bonne chose’,
dit maman.

'ma fille n'est pas du genre à se battre.
elle pourrait se blesser.'

papa parle, trop ferme – ça me fait frissonner.
'**notre** fille
est déjà
blessée,
bernie.'

et puis
silence.

je devrais y aller, leur dire de se taire,
que je n'ai pas besoin qu'ils parlent
de moi.
mon père persiste, insistant, strict.
'et il faut qu'elle fasse quelque chose.
sinon, tous ces petits cons, ils ne feront
que continuer.'

la voix de maman s'élève,
vieille ritournelle,
'juste une année encore. c'est tout,
et puis elle pourra partir,
pour un nouveau lycée. se faire de nouveaux
amis...'

papa l'interrompt.
'mais il y en aura d'autres, non ?
hors de question.
c'est dur la vie.
faut qu'elle soit forte.
qu'elle se défende.'

BERNADETTE (7)

Je n'ai jamais promis d'être
Belle.

Tu m'as trouvée
Cette nuit-là, au pub,
J'étais avec la bande,
Aujourd'hui elles ont disparu,
Je ne suis plus la bienvenue dans leurs vies,
Mais à l'époque je les appelais mes amies.
Elles étaient bourrées,
Dansaient sur les tables,
Moi j'étais la discrète.

Tu m'as offert un verre,
Et on a discuté.
Je crois que je t'ai fait rigoler.

Plus tard
Tu m'as dit
Que mes yeux te plaisaient,
Que tu aimais la manière dont je faisais
Attention à tout le monde,
Même à toi,
Que personne n'avait jamais vraiment aimé avant.
Et je suis tombée amoureuse
Parce que tu étais fort

Et que tu m'as fait me sentir
Choisie.

Tes bras m'ont toujours tenue
Quand tout le monde était méchant.

Tu me regardes depuis le pas de la porte.
'Il est trois heures du matin, Bernie', tu dis.
'Qu'est-ce que c'est que ces conneries ?'

La lumière bleutée du frigo
Nous éclaire.

Joe me prend l'assiette des mains,
Et la vide dans la poubelle.

Un hurlement à l'intérieur de moi.

TOUJOURS amies

parfois mollie se comporte comme si on était toujours amies
et je sais pas comment lui dire que c'est pas le cas.

facile de voir quel est mon rôle à moi –
stacey en vacances,
sasha malade,
ou alors une dispute
et

mollie à l'écart.
alors là elle vient
me voir –
mais seulement à l'abri des regards.

je ne l'écoute pas quand elle parle.

mes pensées sont pleines de crépuscule
d'air frais humide, de feuilles, de pourriture
de toutes les ombres du monde
et de l'auvent où pend la bombe.

'qu'est-ce qu'il y a ?' elle demande,
'tu dis rien – t'es pas encore
à bloquer sur le truc avec stacey ?
passe à autre chose, je veux dire,
ok, elle peut être vache,
mais sérieux, lil,
grandis un peu.'

j'ouvre un manuel, je fais semblant de lire
et mes mains forment des poings douloureux.

aucune excuse

si quelqu'un me voit.

jogging d'abord, le long de la rue,
vitesse limace,
autour du pâté de maisons dans le noir.

et puis,
chaque soir, quand papa rentre du travail,

il attrape une corde à sauter et je me marre,
ça me rappelle quand j'étais petite et que je sortais
pour jouer, j'attendais mon tour avant de
sauter, de tenir la corde, de chanter les comptines.

ça m'avait pris des siècles avant d'y arriver,
mais maman était restée avec moi dehors
sous le soleil, des heures,
à tourner la poignée,
tata clare de l'autre côté,
pendant que je trébuchais, dégringolais,
jusqu'à ce que soudain
je m'envole.

'trop lent', dit papa,
'faut que tu t'arranges
pour bouger les pieds, ma fille. donne voir.'
il me fait la démonstration.
la corde s'entortille autour de ses chevilles.
'voilà, comme ça',
il dit, et décoche un clin d'œil.

je sais ce qu'il veut dire. c'est une question de
vitesse.
bouger presque comme si
on ne bougeait pas.
comme rêver de danse et
tourbillonner, leste,

comme être libre pour de vrai
(pas lourde, pas clouée
au sol,
chaînes de métal qui te lient à la vérité
de quelqu'un d'autre, de ce qu'on a le droit d'être).

si j'arrive à faire ça, à le faire bien,
ça sera déjà quelque chose.

mon cousin mikey vient regarder.
'continue', dit mikey.
tu veux essayer ? je demande.
il prend la corde, l'observe, essaie.
il faut sauter, je rigole. *allez.*
je vais te montrer.
et je commence et je n'arrête pas,
même si tout chez moi
tremblote,
        gigote,
et s'escamote,
        mon t-shirt remonte sur mon ventre,
et je détesterais que quelqu'un voie,
mais là, quelle importance ?
je réussis vingt sauts, et puis je rate.

't'es super forte', dit mikey.
je lui tends la corde, et papa hoche la tête.
'faut s'entraîner. mais elle est bien, notre lil, hein ?
attends de voir, elle sera une star. allez, à toi, mike.
maintenant, lily', il se tourne vers moi,
'des pompes, ok ?'
un programme d'entraînement est punaisé au mur.

je réponds presque
Non.
il y a des choses que je ne veux pas faire.

'c'est pour ton bien.'
ces mots
me donnent envie de hurler.
il ne voit pas comment je me démène ?

le mieux c'est de frapper le sac
pas les squats pas les kicks pas les fentes pas la course,
qui essoufflent, qui empourprent,
jambes en gelée, tête en vrac –
c'est la confrontation
de ce combat
imaginaire :
quand moi je gagne,
toute seule contre
le reste du monde.

'reste concentrée', dit papa,
'tout va bien se passer.
faut t'endurcir, ma fille.
aucune excuse.'
alors je sais qu'on ne va rien lâcher.

TOUT LE MONDE PEUT CHANGER

avant, papa nous rapportait
des paquets de chips
et des pizzas à emporter,

des tablettes de chocolat,
des bonbons,
nos préférés, comme il disait.

on s'asseyait.
il descendait sa bière
et maman et moi on mangeait nos cadeaux.

maintenant, quand il rentre
après tous ces kilomètres
de route, tous ces rêves de chez nous,

c'est des DVD qu'il nous tend.
Rocky I, II, III, IV.
Raging Bull, Million Dollar Baby.

et moi pendant des heures
je regarde avec lui,
j'applaudis
les héros
qui se jouent du destin
pour triompher.

on donne tous les deux des coups aux ombres
et je commence à imaginer
que ces héros ça pourrait être moi.

les dents du requin

maman m'envoie au magasin
acheter des trucs que j'avais oubliés la dernière fois.

je vais avec mikey au spar,
les poches pleines de petites pièces qui s'entrechoquent.
on déambule, on se dit,
pourquoi se presser de rentrer ?
même si ici,
dans le soir lugubre,
je suis pas convaincue qu'on soit
en sécurité.

restez sur l'avenue, a dit maman,
et je prends la main de mon cousin.

on se raconte des bêtises,
on rigole
des blagues qu'il a entendues,
et puis
mikey dit,
'tu crois que tu vas devenir une star ?
tonton joe il dit qu'il y a des filles,
des filles comme toi,
qui gagnent de grands prix,
t'auras peut-être une médaille', il dit,
et il me regarde comme si j'étais déjà en or.

'je viendrai t'applaudir !' il s'écrie, bondissant,
mince comme un clou, comme tata clare, une feuille
valsant dans le vent.

c'est pas juste.
merci, mike, je lui dis, mais pas moyen de sourire,
non, ça n'arrivera pas,
pas à moi.

'mais tu peux essayer, au moins, pas vrai ?'

je pourrais, je réponds, *on sait jamais*.

(*relâche tes mains, mains souples,*
poignets fermes – il faut une bonne technique,
continue à bouger, lil –
toute seule, plus tard,
j'irai frapper le sac, une deux, une deux,
les bras comme des éponges, la tête en miettes.)

encore une fois aujourd'hui au lycée
personne ne m'a adressé la parole.

et puis
au déjeuner, quelqu'un
m'a chopée –
j'ai senti le flash –
levé les yeux,
direct dans ceux de l'appareil.
aidan et ses potes à proximité
et stacey et son gang.

j'ai repoussé mon assiette,
trop tard –
le mal était fait.

alors donc me voilà,
sur tous leurs écrans,
bouche ouverte,
fourchette dressée.
boudin,
gros thon.
sale truie.
          baleine.
                    tellement dégueu –
pourquoi tu te jettes pas par la fenêtre ?

'lily', dit mon cousin
quand on s'approche du magasin,
'c'est qui, ce mec ? là-bas ?'
pas besoin de regarder
pour savoir.

j'agrippe la main de mikey, serrée,
je l'entraîne derrière moi.
personne
viens
dépêche-toi –
mais j'ai jamais été assez rapide.

aidan traverse la rue
esquivant les voitures
slalom d'embouteillage –
il vient à nous,
sourire
de requin.

merde, je me dis,
et puis

il c r a c h e
tout droit
en plein milieu de sa cible.

le vacarme des voitures noie ce qu'il dit ensuite,
moi je racle mon visage avec ma manche,
pour débarrasser ma peau
de lui,
mais ça s'imprègne,

et sa bouche
grande ouverte
est prête à m'avaler
tout entière,
elle articule ces choses
qu'il va me faire
dès qu'il me trouvera
toute
seule.

on entre, je dis
en poussant mike dans un magasin,
j'aimerais tant appeler au secours,
mais papa n'est pas là,
tata clare au travail,
et maman, pas la peine.

on se cache entre les bouteilles
ambre, rouge et or,
le mec derrière la caisse
nous dévisage,
pas désireux de s'impliquer.

aidan attend dehors,
joue la montre –
pas pressé –
'qu'est-ce qu'il y a, lily ? on rentre à la maison', geint mikey,
chut, je réponds,
laisse-moi réfléchir.

il ne reste plus qu'oncle ray.

aidan

nos pères sont tous les deux allés en irak.

celui d'aidan n'est jamais revenu.

sauvetage

j'appelle maman,
je lui dis d'appeler ray
et de lui demander de venir nous chercher.
'quoi ?'
et il faut que je lui fasse comprendre.
appelle oncle ray. j'ai peur.

on attend.
je fais semblant de faire les courses,
de chercher quoi acheter,
une canette de coca ça vaut plus d'une livre –
trop cher.

je referme le frigo
je regarde à nouveau,
feignant d'être détendue
alors que la sueur me coule le long du cou, du dos,
et que mon cœur menace de faire éclater mes poumons.

le crachat d'aidan
est dans mes cheveux
il est dans mes pores
il est sous ma peau.

la clochette sur la porte carillonne,
aidan est entré,
il va jusqu'à la caisse,
achète des cigarettes.
il me regarde,
en allume une,
souffle le cancer dans notre direction,
son poing se referme sur la fumée,
ses phalanges étincellent
de bagues
cuivrées
et il
ignore la voix qui lui dit
dehors
non-fumeur ici
c'est une brute.

(*'tes pieds. bouge, bouge'*, dit papa,
'faut pas que tu t'arrêtes.
lily, allez, déplace-toi tout le temps,
si tu t'arrêtes pas de te déplacer, c'est bien plus difficile
de te frapper.

faut être mobile, ma fille.')

aidan pousse un juron,
bouche pleine de haine –
'toi', il dit, 'la truie',
et nos regards se vissent l'un à l'autre,
'dehors, allez, viens',
il désigne la porte d'un coup de tête,
't'attends quoi ?
viens, on va se promener.'

qu'est-ce qui peut se passer
là-bas ?
la nuit rampe
le long du ciel,
et dans ces ténèbres terribles
où les gens disparaissent,
je transpire de terreur,
et aidan me détruit.

mikey se met à pleurer
impossible
de s'échapper.

la porte tinte de nouveau.
ray,

tout en épaules et en esbroufe,
uniforme complet.
'tout se passe bien,
lil ? c'est quoi, le problème, alors ?
qu'est-ce qui se passe,
qu'est-ce que t'as fait ?'

aidan recule, s'éclipse,
filin de fumée derrière lui,
m'envoie un dernier regard
qui veut dire,
j'ai tout mon temps.

les pieds sous la table

maintenant je dois montrer ma gratitude.

'raconte à ton oncle ray
ce que tu fais ces jours-ci, mon cœur',
dit maman, tout en
servant une bière, avec des trucs qu'elle achète
pour papa, ses biscuits préférés,
et ray se goinfre.
voilà que c'est à moi de lui dire combien
je lui suis redevable.

on dirait que maman va se désintégrer
tomber en miettes comme une gaufrette
comme un morceau de gâteau racorni,
si moi je n'ai pas la force
de m'occuper d'oncle ray.

il sourit en voyant le sac de frappe,
l'attrape, le tient serré.

'alors montre voir ce que t'as dans le bide, lil.'
il regarde, les bras croisés,
pendant que j'enfile mes gants
pour lui faire la démonstration

de ma faiblesse,
mes coups dans l'air
contre mes ennemis,
les bras mous,
les jambes tremblantes,
le ventre comme une flaque de lait caillé.

ray rigole et
enfile les gants de papa.

'il va falloir faire mieux
que ça.
allez, frappe-moi, bien fort, allez.'

il danse devant moi,
m'esquive,
me feinte,
se moque,
me provoque,
et moi j'essaie de l'atteindre –
mais je suis tellement fatiguée
de m'échiner,
et j'ai beau le haïr,
ça ne suffit pas.

'allez, gros tas,
allez, loser,
allez, bouboule,
attrape-moi si tu peux.'

ray est costaud,
et quand il me cogne
au coin de la tête

je tombe
et je ne me relève pas.

BERNADETTE (8)

Le salaud.

Va-t'en, je lui dis.
Et je le pense.

Il me rit au nez.
'Enfin, Bern,
Je l'ai juste tapotée.
Faut qu'elle apprenne, la petite.'

Non, il faut pas,
Je lui dis.

Et j'ordonne à mon frère
De ne pas revenir.

SECRETS

'raconte rien à papa, trésor',
voilà ce que dit maman.
'c'était un accident,
hein ? il connaît pas sa force.'

et mon œil au beurre noir c'est juste
une contusion de plus.

papa n'a pas l'air convaincu,
il est pas bête quand même.
'c'est quelqu'un du lycée qui t'a fait ça ?'
je secoue la tête et je le suis dehors
pour échapper à la situation.

mais je suis toujours nulle,
c'est pas dans ma nature,
aucun talent pour le combat.

j'entends le désespoir dans sa voix,
je vois la fatigue dans ses yeux,
et je sais que je n'arrive pas
à devenir celle qu'il pensait faire de moi.
je fais une pause, je baisse les bras.

besoin d'un break.

'cinq minutes', il dit,
comme un avertissement,
comme une menace.

je recule, je retire les gants,
je les lui rends.

non. c'est fini. j'ai du travail. des examens. je rigole pas.

'ok. demain, alors',
il s'interrompt, fronce les sourcils –
'sauf si tu comptes abandonner ?'

je hausse les épaules.
abandonner ?
peut-être bien.
ça sert à quoi
d'essayer d'être quelqu'un
qu'on n'est pas ?

DÎNER

ma mère ne mange pas avec nous.
normal.
bizarre.
mais elle fait la cuisine,
sort des trucs du congélateur.
ou des haricots,
ou des pâtes,
ce qu'il y a dans le placard,
rien de spécial –
ce qu'on peut se permettre.

mais maintenant c'est des protéines,
des légumes, des recettes qu'elle trouve en ligne,
de la nourriture saine,
parce que je me dépense beaucoup, elle dit,
j'ai besoin de forces.
            't'es une athlète maintenant',
elle dit, en me servant,
comme si j'avais pas de jambes.
il faut que je lui retourne son sourire,

je mâchonne ce mot,
athlète.
ça me va pas.
euh, pas vraiment, maman, je réponds,
et je triture ma viande du bout de ma fourchette.
le sang qui coule, ça me débecte.
maman secoue la tête,
me ressert encore plus.
    'c'est ce que tu vas être,
    ton père dit que tu cibles bien.'
elle mime un coup de poing.

papa se marre.
'elle s'en sortira bien. je le sens,
lily, je te sens bien, t'es comme ton père –
et ta mère. elle est forte aussi.'
ils échangent un regard
et puis m'observent, moi.
maman hoche la tête, les yeux pleins de larmes.

elle nous regarde manger.
prends-en, maman, je propose,
et je voudrais retirer ces mots dès qu'ils sortent de mes lèvres.
le silence se fait,
je tente de le combler
en parlant trop,
pour montrer que je ne veux pas la blesser
à nouveau,
que je veux juste qu'elle sache qu'elle a le droit.
on a le droit de manger, quand même,
non ?
je veux dire, c'est super bon.

sincèrement.
j'ai pas dit ça pour te faire du mal, je voulais pas être méchante.

'je n'ai pas très faim, mon amour',
elle répond,
et recouvre ma main de la sienne.
'mais je vais en manger un peu,
bonne idée, lily, merci.'

je me précipite lui chercher une assiette, et on fait semblant
de ne pas la regarder se servir,
porter la fourchette à sa bouche,
on fait semblant de ne pas voir
sa main qui tremble,
ses joues en feu,
gênée comme jamais.

BERNADETTE (9)

Je sais bien
Que la taille ça compte.
J'ai déjà été grosse
Et déjà été mince –
Enfin.
Jamais assez.
Potelée, petite.
Dodue.
Et puis replète.
Et puis épaisse.

Et enfin grosse.
La grosse Bernie.
La grosse poulette.
Puis en surpoids.
Très grandes tailles.
Et au-delà.
Obèse.
Morbidement, il paraît.

La haine de mon corps
À chaque pas.
Grasse,
Flasque,
Grosse.

Une chose dont j'aurais pu me dispenser,
Et que j'aimerais ne pas avoir écoutée
(Ça ne m'a rien appris de nouveau),
C'est ces voix qui croient connaître ma vérité.

Et même si
Je n'ai pas le droit d'argumenter
Contre leur logique –
Que je mourrai
Trop tôt,
Un gros pied dans la tombe –

Ce qui est fou c'est

Qu'ils s'en fichent.

Je suis juste quelqu'un de plus à détester.

ça continue

j'ai l'impression que les murs vont éclater,
comme si quelque chose enfin s'effondrait,
cassé,
anéanti.

une chose qui attendait son heure –
riant entre les briques,
haleine putride dans la maison –
et cette chose-là est ici ce soir,
qui se frotte les mains,
qui hoche la tête.

'tu fais ça,
bernie, et je te quitte,
je suis sérieux',
dit papa.
            'tu ne ferais pas ça, joe',
elle implore.

je ne sais pas ce qu'il veut dire par 'ça'

et je me bouche les oreilles
enfouie sous les coussins,
je m'enterre dans le silence brûlant.

est-ce que papa déteste maman ?
qu'est-ce que j'ai fait ?

plus de bruit de leur côté.
j'entends un chuintement de chaussons sur les marches,
et par ma porte entrouverte je vois
maman,
fantomatique, qui se faufile en bas.

HUMILIATION PHYSIQUE

j'ai promis à papa que j'abandonnerais pas,
que je ne m'enfuirais pas,
que je ne m'éclipserais pas.

je trouve un endroit où me changer,
où mettre mon jogging,
t-shirt,
baskets,
pliée en deux pour nouer les lacets
serrés,
j'entends un rire,
je me redresse,
le visage rouge –
certaine que c'est moi qu'il ciblait.
les téléphones sont de sortie.
eux, ils évitent mon regard.

je sais ce qui s'est passé
je sais qu'un jour je les ferai payer.

'tu vas courir aujourd'hui, lily ?' demande mme scott,
et je fais signe que oui.
elle lève un sourcil. ça veut tout dire.

je m'échine en queue du groupe,
mais je n'abandonne pas,
chaque foulée fait plus mal
que celle d'avant
et je persiste.
la poitrine incendiée
le cœur marteau-piqueur
le petit déjeuner au bord des lèvres.

mme scott hoche la tête, sourit,
même si j'arrive presque dernière,
le souffle court,
la respiration saccadée,
rouge comme l'échec,
elle me tapote le dos.
'tout va bien ?'
je souffle que oui,
passe devant tous les autres
sans croiser leurs regards.

'putain, regarde dans quel état ça s'est mis',
dit quelqu'un.

BERNADETTE (10)

Tout ce que ça exige c'est un coup de fil.
Je voudrais voir un docteur, s'il vous plaît.

La réceptionniste, soupçonneuse,
Dédaigneuse,
Déjà peu serviable.

Aurait-elle deviné mon problème
Rien qu'au son de ma voix ?
Est-ce qu'elle trahit
Ma faiblesse ?
Mes excès ?
'Quel nom ?
Adresse ?
Quel est votre problème ?'

Voilà, c'est ma dernière chance
De bondir vers mon avenir,
Avant qu'il ne se transforme
En passé.
Je veux mon présent à moi –
Un endroit
Où je mérite d'être tout entière.

Le docteur peut-il se déplacer ? je demande.

Nouveau silence,
'Pardon ?'
À domicile, je réponds, la voix plus basse,
Pleine d'espoir
  Et de doute
    Mais pourquoi ?
Pourquoi je ne demanderais pas ça ?
Encore une autre chose que je ne mérite pas.
Du temps et du respect,
Des congés, la santé,
Le plaisir, la beauté.
Un travail.
Manger.
De l'amour.

Elle réserve le rendez-vous,
La docteure est très occupée, bien sûr,
Et je ne suis pas en mesure d'exiger
Qu'elle vienne me voir ici –
'Cela ne se fait plus', dit-elle,
Et mon cœur s'emballe
À l'idée de devoir
Sortir
De la maison.

Je n'ai pas de voiture.

Prendre le bus ?

Aller à pied ?
Trop loin.

Pourtant, je prends un rendez-vous.

Je ne dis rien à Joe.
Pas cette nuit-là, au lit,
Ni le lendemain non plus,
Je ne lui dis pas que j'ai besoin qu'il m'aide.
J'ai déjà essayé
De lui expliquer.

IMPOSSIBLE

je me demande ce qui fait une femme.
une fille.
un être humain femelle.

il faut que je sois fragile ?
jolie ?
qu'on ne m'entende pas ?
il faut que je reste là à les laisser se moquer ?

ou alors

est-ce que j'ai le droit d'être forte, d'être fière ?
est-ce que je peux vivre comme je le voudrais ?
maligne, culottée,
capable de changer
la paille en or.

pas facile de passer du passé au présent,
plus facile d'écouter toutes ces voix qui me disent

non.

devant l'ordinateur,
après les cours,
plus personne autour,
volets faisant barrage à la nuit,
je fais recherche après recherche.

google me montre des photos
de boxeuses.
des filles, mais pas comme moi.
elles ont des muscles,
des corps modelés, durs,
elles sont féroces, fortes, la bagarre plein les poings.

je fixe
l'écran, les yeux laser,
je cherche quelqu'un d'autre.
pas ces femmes-là,
mon impossible.

je mettrai pas de haut qui dévoile mon ventre
ni mes bras
pas de short court
qui révèle mes cuisses.
rien qui moule
rien qui montre
rien qui ferait que quelqu'un remarque
que je suis là.

je m'apprête à tout refermer,
à balancer l'ordinateur contre le mur,
faire voler en éclats ce rêve qui est
à peine plus
qu'un murmure
d'une vie différente,
une possibilité
chatoyante –
hors de portée,
étincelle distante.

le rêve de papa,
son projet, est-ce que c'est le mien ?

VENDREDI SOIR

papa m'emmène à la salle de sport.
je lui dis que je ne veux pas y aller,
il ne semble pas m'écouter,
mais ce n'est pas ce à quoi je m'attendais.

pas de machines
où se perchent des gens au corps déjà parfait,
qui se marrent,
et qui matent.
non, c'est une salle de boxe
qui sent l'effort,
la force,
la puissance,
la sueur,
le sang

et le
combat.

'c'est un nouvel endroit',
dit papa,
'un investissement de l'état, un truc comme ça.
chouette, non ?'

personne ne me remarque vraiment.
personne ne s'intéresse.
trop occupés à voyager dans des mondes intérieurs,
muscles luisants,
coups fusant,
corps qui s'exercent et qui se blessent.

je suis en jogging,
en baskets.
ça aussi, c'est nouveau,
et ça me culpabilise,
c'est des trucs qu'on peut pas se permettre,
et je sais même pas si je peux faire quoi que ce soit
dedans.

je tiraille le t-shirt,
j'évite de regarder autour –
les autres gens, surtout.

'faut qu'on te trouve de vraies bonnes chaussures', dit
papa
en observant mes pieds,
puis mon visage.
son sourire disparaît, ses yeux m'interrogent.

'qu'est-ce qu'il y a ?
tout va bien ?'
je hoche la tête, c'est tout.
'ok. alors voyons voir', il dit.

j'avais peur qu'il me pousse sur le ring,
que je serais là les bras ballants
devant une fille qui me battrait, c'est sûr,
une fille aux pieds ailés,

qu'elle me démolirait
d'un seul coup de poing rapide,
ils rigoleraient tous,
et enfin il comprendrait.

on regarde ensemble.
on rencontre la femme qui gère cet endroit.
jane est blonde, pétillante,
bronzée, en pleine forme,
elle sourit et me serre la main.
'lily, c'est ça ? génial, on est tout le temps à la recherche
de nouvelles filles,
de talent neuf.'
ma gêne s'affiche
rouge vif.
elle me demande si je veux faire un essai.
papa m'inscrit.
je regarde à nouveau autour,
souffle ma peur par la bouche.

peut-être que je peux y arriver.

je dois au moins essayer.

DES BONBONS OU UN SORT

hallowe'en.
les nuits sont de plus en plus noires,
l'heure a changé
et moi je cours après ma vie
chaque jour de plus en plus vite
au coin des rues, le long des avenues,
toujours différentes dans l'ombre.

papa n'est pas là.
pas de citrouille à notre fenêtre,
jamais.
maman n'a pas besoin de m'expliquer.

à la place on pêche des pommes
avec les dents, on raconte des histoires qui font peur.
je maquille mon petit cousin –
il devient lion, clown et vampire.
il tente de faire pareil pour moi, maman et tata clare.
on attend patiemment, on rigole,
on mâchouille des bonbons,
nos visages bariolés comme une peinture de guerre.

le bébé dort,
clare boit du vin,
maman soupire,
heureuse, enfin quasi,
et quand elle me regarde elle sourit.

soudain
des coups
sur la fenêtre.

on sursaute,
maman pousse un cri.

c'est rien, maman, juste des gamins.

le bébé se réveille et se met à pleurer.
'éteins la lumière',
murmure maman,
'allez, lily, vite, cache-toi –
cache-toi !'
je me précipite sur l'interrupteur
mais voilà que quelque chose d'autre
fait vibrer la vitre
(je savais bien qu'ils feraient irruption un jour,
ce n'est pas une surprise)
mikey pleure, le visage de maman est blême.

c'est moi qui serre les poings
et hurle
dégagez !

des pétards explosent
par la fente de la boîte aux lettres,
des œufs s'écrasent
sur mon visage et mes vêtements
quand j'ouvre la porte pour crier dans la nuit,
tata clare les insulte, leur hurle de nous laisser tranquilles.

les miroirs scintillent,
partout dans la maison je les entends qui éclatent
de rire,

ils se fendillent
en mille fragments hilares.

la prochaine fois, je serai prête.

BERNADETTE (11)

Je me suis toujours sentie
Vide

Et Joe ne peut pas comprendre,
Même s'il devrait,
Parce qu'il sait
Ce que c'est
De grandir
Sans
Manger.

Joe, je lui dis, *je t'en supplie,*
Viens avec moi
Ne me laisse pas y aller toute seule.

'Je t'aime telle que tu es', il me dit.

Mais mon amour
Tu ne vois pas
Que ce n'est pas pour toi
Que je le fais ? C'est pour moi.

PLUS DUR

des muscles commencent à naître sous ma peau.
la course ne me laisse plus à bout de souffle –
tête basse, je longe les couloirs,
je me dirige
vers la fin de chaque journée.

je veux juste rentrer chez moi.

le ciel de nuit **explose**
pétille et s'illumine.
on regarde ensemble,
ma famille,
le nez dressé.
les chiens de la rue,
hystériques de terreur,
hurlent d'indignation,
chorale désespérée.

'bientôt le premier combat ?'
demande papa
et je fais semblant de ne pas entendre
mais mes entrailles font un looping
et quelque chose en moi galope.

RATTRAPER

chaque soir après les cours
je m'entraîne,
les dents serrées pour ne laisser passer
aucune excuse.
je pense à tout ce que je peux gagner,
je me dis que faire tout ça
c'est dire non à la douleur.

je rentre chez moi éreintée,
je pique du nez sur mes devoirs,
la tête sur la table de la cuisine.
'tu te sens bien, lil ?'

ça va, maman, je baragouine.
'tu sais que t'as pas à faire tout ça
si c'est pas ton truc à toi.'

j'ai envie, je lui dis.

parce que cette fois-ci je vais être la fille
qui n'a pas échoué.
marre de me regarder perdre.

chaque jour, devant moi, quelqu'un d'autre,
une autre lil,
court,
dresse ses gants,
exulte, et applaudit,
et elle est libre,

celle-là, vivante,
et enflammée.

c'est elle que je dois rattraper.

La réalité

c'est dur.
jane ne laisse rien passer.
elle s'attend à ce que je m'accroche.

au lieu de m'enfuir
je frappe plus fort.

au lieu de me cacher
je m'essouffle et je m'efforce.

le feu aux joues l'eau dans le cou,

j'essaie de ne pas remarquer les autres filles
trop contentes de constater
que je ne suis pas une menace.

Croire

en quoi tu crois ?
demande quelqu'un,
un prof, une intervenante,
quelqu'un qui exige
qu'on se connaisse soi-même, déjà.

Je crois

un préau,
des murs,
nous tous en rang
comme des enfants –

je ne sais pas si je comprends ce que ça veut dire.

est-ce que j'y crois, à ça ?
que c'est tout ce qu'il y a ?

des regards neutres
des mâchoires qui ruminent
des pensées de chez soi,
même les profs bâillent,
regardent leur montre.

crois en toi ! s'écrie l'intervenante,
et les clichés dégringolent de ses lèvres
comme des flocons de neige –
fondus avant même
d'avoir atteint le sol.

je ne sais pas en quoi je crois
mais pas à ça.
passer le temps en attendant
que la vraie vie commence.

laissez-moi simplement être
laissez-moi devenir
une personne de mon genre
à moi.

QUELQUE CHOSE FLEURIT

mais voilà il y a rosie
et je ne peux pas m'empêcher
de regarder son visage.

dans le chaos de la salle de sport
elle marche comme si
les nuages n'existaient pas,
et s'il y en avait un qui osait se pointer
elle ferait juste un bond
pour le repousser,
rendre le ciel bleu à nouveau.

ce visage
avec son sourire
que je voudrais
attraper
garder
avec son amitié –
la mettre dans ma poche,
sous clef,
en sécurité,
en forme de cœur.
elle a
des yeux chocolat
et la peau douce
les joues rosées.
et son regard sur moi
quand elle tient le sac
et que moi je frappe

ça me fait oublier, parfois,
jusqu'à mon propre nom.

ma partenaire,
rosie,
qui dit au revoir
et s'en va
de son allure bondissante.

je suis contente
qu'on n'aille pas sur le ring.
'pas encore',
dit jane,
'ça se mérite.'
elle veut dire entraîne-toi plus fort,
n'abandonne pas,
elle m'apprend à me bander les mains,
m'observe soulever les haltères,
donner des coups droits,
me tordre la taille.

't'es forte', elle dit,
'mais tes pieds –
garde un œil sur le miroir.'
(moi je regarde tout sauf
la fille qui m'attend
qui me ressemble
mais qui n'est pas moi.
et jane soupire
et je vois
les questions dans ses yeux.)

mets ton poids sur ta jambe arrière
tout petits pas,
prête à pousser
à projeter ton poids
dans ton poing.

sa voix me suit
jusqu'au lycée,
en rentrant à la maison,
et j'essaie.

BERNADETTE (12)

Clare dit qu'elle m'emmènera,
Le bébé braillant à l'arrière.
'Allez !' elle dit.
'Ou tu vas être en retard !'

Je prends mon sac, mes clefs, je reste
Sur le perron.
Le chemin jusqu'au portail n'a jamais été aussi long.
Ça fait combien de temps ?
Des années,
Je crois,
Que je reste plantée là
À soupeser
Ma vie.

Ça prend une éternité
Mais enfin
Je m'engonce sur le siège avant, je tente
D'attacher ma ceinture, j'abandonne,
Et ma sœur fait semblant de ne pas remarquer.
'Je pense que c'est une bonne chose, ce que tu fais', elle dit.
Les gens dressent la tête quand j'entre,
Et je dois faire semblant de sourire.
Plus facile de prétendre qu'on ne comprend pas
Pourquoi leurs yeux
Sont tout écarquillés,
Qu'on n'est pas
Un petit spectacle,
Une créature de cirque.
Essayer de respirer silencieusement.

Je crois que je vais juste rentrer chez moi.
Je ne pense pas que je vais réussir.

La docteure écoute mon
Silence
Avant d'écouter mon cœur.
Elle veut que j'explique
Ce que j'attends d'elle,
Pourquoi je lui fais perdre son temps.
Et je ne sais même pas
Par où commencer.

PRÊTE ?

elle me frappe,
direct par terre.
me tend la main
et me relève.

on essaie à nouveau.
elle me frappe,
direct par terre.
me tend la main.

je tiens bon,
peut-être trop longtemps.
elle me relève.

'pas mal',
elle dit,
et je la vois qui sourit

en me frappant
et en me relevant.

'fais un effort
au moins',
rigole rosie.

jane nous observe.
'allez, les filles, on se bouge.'
et rosie sourit à nouveau,

lève son gant vers sa tête,
essuie la sueur sur son front.
'cette fois me laisse pas gagner',
elle dit.

alors

je
donne
tout
ce
que
j'ai.

rosie esquive

elle me frappe,
direct par terre,
et me relève.

NORMAL

'pizza', dit rosie en se séchant les cheveux,
les yeux rivés sur le miroir,
et je me demande ce qu'elle voit
quand elle regarde là.

personne n'oserait
s'embrouiller avec rosie.

'tu veux venir ?'
je me retourne,
j'enfile péniblement des vêtements propres.
'on est quelques-unes à y aller,
ça sera cool.'

quand on arrive là-bas,
les gens
            sourient.

et c'est un choc
parce que je m'attends au truc normal –
rictus et ricanements, railleries qui donnent envie
de se cacher.

je surveille leurs réactions
en portant ma fourchette à ma bouche
les yeux qui disent
grosse truie.

(c'est juste de la salade, mais quand même, à l'odeur
des pepperoni, je salive,
je
tuerais
pour
une
tranche.)

'voilà', dit rosie,
'prends-en'.
et elle me pique une bouchée.

non,
je secoue la tête,
j'avale une gorgée d'eau à la place.

parce que je vois déjà la chaise se casser,
les filles se marrer et se barrer.

mais
          rien de tout ça.
il n'y a même aucun regard sur moi.
rosie hausse les épaules.
'mais t'es pas affamée ?'
je fais un régime,
je dis du coin des lèvres, pour que les autres
n'entendent pas –
comme si c'était une confession,
comme si je demandais pardon,
et à elle,
en particulier.

elle fait les gros yeux –

'prends de la pizza, bordel',
elle dit,
et en pose sur mon assiette.
'c'est bon ! et t'es bien, lil,
sérieux !'

BERNADETTE (13)

Tension
IMC
Taille
Poids
Kilos
Grammes
Rythme cardiaque
Pouls
Ventre et hanches
Des chiffres qui sont tous
Trop élevés.

Les meilleures notes de toute ma vie,
Je plaisante,
Mais c'est pas drôle.
La docteure fronce les sourcils
Pour me rappeler
Que oui, je suis idiote.

Elle prend ma tension.
La première fois depuis des années que je sens le contact
D'une étrangère,
Et je ne regarde pas mon corps
Entre ses mains manucurées,
Mais mon sang accélère, bouillonne,
Je l'entends

Qui rugit,
Qui cascade,
Une vague de peur.

Puis la balance.
Je remue la tête.

Je tremble maintenant de tout mon être.
Elle n'a pas besoin de chiffre pour savoir.
Les murs que j'ai construits tout autour de ma vie
S'effondrent sur le sol.
Des briques, des pierres, des rochers volent, les vitres éclatent,
Tout se délite
Et moi dessous je suis toute nue.
'Je ne juge pas', dit la docteure,
Mais je ne la crois pas.
J'ai l'impression que je dois m'excuser.
À la place je lui explique ce que je voudrais.

Le Dr Grice déclare
D'une voix ferme
Que la chirurgie, ce n'est pas une baguette magique.
C'est une lourde décision.
Ça met le cœur sous pression,
Pas une solution facile,
Il y a des risques.

Il faudra revenir pour d'autres
Consultations,
Et il y a d'autres moyens,
Vous savez.

Elle croit que je n'ai pas déjà tout essayé ?

Aidez-moi, je vous en supplie, je lui dis.

Et elle me regarde
Avec des yeux qui montrent
Qu'elle sait
Que je suis humaine, après tout
Et elle hoche la tête.
D'accord.

C'EST PARTI !

à la session suivante
rosie n'est pas là
et je m'entraîne avec kezia
qui est nouvelle aussi.

sauf que kezia
c'est une de ces filles
qui sont nées, on dirait,
avec des baskets aux pieds,

et qui ne restent pas en place,
dont le corps sait
exactement bouger
sans
dé
grin
go
l
e
r

'allez',
elle dit,
'c'est pas difficile',
et je balance un nouveau coup.

elle esquive
et plonge
sautille autour
de moi
alors je m'aperçois
combien rosie a été patiente.
comme elle a peut-être pitié
de la loser que je suis,
et se moquera sûrement de moi,
se lassera,
passera à autre chose.

je ne veux pas de sa pitié.

ni de la mienne.

trop tard.

kezia s'en va
sans un regard.

et puis, alors que je vais m'éclipser,
jane me demande de rester,
j'attends qu'elle me dise ce qu'elle a dans la tête.

'écoute', elle commence, et puis soupire,
et je sais bien qu'elle va me dire
que je perds mon temps.

't'as vraiment envie d'être ici, lil ?
je vois du potentiel,
tu es forte,
et intelligente.
mais
maintenant, faut tout donner,
si tu veux te battre.
je veux dire, c'est pas drôle
de se retrouver par terre
encore et encore,
on est d'accord ?'

elle m'entoure les épaules de son bras,
me conduit au miroir,
tient mon menton
entre ses doigts.

je ferme les yeux.

'tu as le droit',
elle dit,
'de gagner.'

alors prouve-le

jane me pousse,
mais je ne me sens pas
de faire ça aujourd'hui.

son visage est dur
comme du marbre, sculpté
pour ne laisser passer
aucune compassion.

dehors il pleut des cordes
et moi je suis trempée,
brûlante, amère, vinaigrée par le ciel.

je suis venue ici à pied –
des kilomètres –
et maintenant je n'arrive même pas à commencer.

'arrête de faire la tête, lil, allez, on y va',
dit jane, et elle enfile ses propres gants,
alors, lentement, je m'avance,

et entre dans le ring,
lourde déjà de ma défaite,
des briques dans les baskets.

c'est un test, j'imagine,
faut que je prouve
que j'en veux vraiment,

que c'est pour de vrai,

que j'en ai envie,
même si je me sens merdique.

les autres se groupent
à nouveau,
les entraîneurs, les filles,

les boxeurs en herbe,
on dirait bien que les gens
aiment me regarder perdre.

et
quelque chose
se coince
dans ma gorge.

l'amas
désespéré
des mots
qui voudraient
s'échapper, qui m'étouffent –

impossible de les cracher
impossible de les dire
de les hurler, de les vociférer.

on commence.
jane pose le rythme,
trop forte,

elle est vive,
et coriace,
inarrêtable.

dix,
quinze,
vingt
minutes
passent.

le temps
comme un
boulet
se balance
à mon cou,
une lourde cloche
qui ne sonne jamais.

ça fait mal

laisse-moi arrêter

je pleure

souffle

pliée

étouffe

par terre

tordue

comme si   vomir
j'allais

je t'en supplie. j'y arrive pas.

je regarde jane, j'appelle à l'aide,
mais elle secoue la tête.

'tu peux y arriver', elle dit,
pas du tout essoufflée.
'lève-toi,
allez,
on y va.'

non.

du mouvement parmi les spectateurs.
je voudrais qu'ils disparaissent,
m'apprête à lever la tête
pour lancer un juron,
mais voilà qu'il se passe
quelque chose.
je l'entends d'abord
comme si c'était
de très très loin,
un murmure, un chuchotement,

mon prénom –

'Li   ly',
ça fait d'abord,
et puis,

'Li   ly',
encore
et encore
et encore
'Li   ly,
Li   ly',

ils rugissent.

et je lève mon regard
dans le brouillard de larmes
mais personne ne rigole
personne ne se moque
les visages concentrés
exigent
encouragent
affirment que je vaux mieux que ça
me remettent debout
de toute la puissance de leurs mots
alors
je me hisse sur les genoux
et puis
jane me tend la main.

je me redresse
toute seule
je remplis mes poumons,
je fais un nouveau pas vers la douleur.

DOULEUR

poignets souffrance
phalanges sang
mains tremblant.
seule la lune me voit
transpirer
m'effondrer
et

recommencer.

BERNADETTE (14)

Quand on ne prend pas soin
Des choses, elles se gâtent.

Le lait laissé tiédir
Va se cailler.

Les mouches colonisent
La viande qui saigne sous le soleil.

Et les corps
Mal aimés,

Peuvent, vous savez,
Héberger un cœur

Desséché
Comme les feuilles d'une plante

Mal arrosée.

courage

les matins blancs,
le ciel comme du verre brisé,
moi qui cours dans l'obscurité
et qui me demande combien de temps
mon cœur tiendra.

et puis je me souviens
que
je
ne
lâcherai
pas.

courses de noël

je reste tard,
retenue par les devoirs –
je suis à la traîne,
alors il fait noir
quand je sors du lycée,
j'entends derrière moi les portes se refermer.

'attention en rentrant', dit la prof,
'il y a quelqu'un qui vient te chercher,
lily ?'
je fais semblant de ne pas entendre.

le vent s'engouffre sous mes vêtements,
le froid serpente entre mes jambes,
et me rosit les cuisses,
et me pince les orteils.
ma jupe est trop courte –
maman a eu beau défaire l'ourlet –
tout a ses limites,
et on n'a pas l'argent
pour acheter de nouvelles choses,
pas maintenant,
avec noël qui approche.

je m'aventure dans la ville
pour aller voir les illuminations,
regarder les vitrines
pleines d'objets qui apporteront,
peut-être, le bonheur.

même notre ville paraît
meilleure
en cette saison

et j'entends résonner
des chants de noël
quand s'ouvrent les portes vers d'autres mondes.

la chaleur
s'échappe

et m'attrape,
j'entre,
pleine de pensées douces de ce que je pourrais trouver.

l'argent du bus économisé
achète du parfum pour maman,
un qui sent la rose,
et le blush qu'elle adore.

pour papa je prends des gants,
je me souviens
de quand je lui tenais la main
toute petite.

des trucs pour dire merci,
pour dire pardon aussi,
de tout ce
bazar, de tout ce
chaos que je leur impose,
une fille incapable de se défendre toute seule.

il est tard
quand je prends un raccourci
le long des anciennes voies
qui mènent à la maison.
personne autour
et les lampadaires disparaissent derrière moi,
je chantonne une chanson,
last christmas.

mais le coup dans mon dos
décroche les notes de mon crâne,
siphonne l'air de mes poumons,

me met à plat
et j'ai même pas
une seconde pour crier
avant de sentir
une basket
dans mon bide
un talon
sur ma tête.

les bras autour de mon visage,
je tente de me rouler
en boule, escargot dans sa coquille,
mais il est rapide,
je suis vide,
et
ç a   r e c o m m e n c e
sale putain de grosse gouine
dit quelqu'un
et soudain
de la pisse
me
c
o
u
l
e
le long des joues.

BERNADETTE (15)

Ma fille s'effondre,
Face à moitié défoncée,
Couverte de sang,
Elle s'écroule quand j'ouvre la porte d'entrée.
Sang dans les cheveux
Sur le col de sa chemise
Taches sur ses mains.
Ses joues sont noires de boue, sanglantes encore,
Collants craqués,
Genoux râpés.
L'empreinte du pied de quelqu'un d'autre sur le visage.
J'appelle Joe : un hurlement.
Puis je ravale ma peur, m'élance,
Tu as été – je ne peux pas le dire,
Elle tremble,
Et se met à pleurer.

Son œil gonflé ne s'ouvre plus,
Sa bouche énorme,
Lèvre éclatée
L'empêche de bien parler.
'Maman', je crois qu'elle dit
Et je la prends dans mes bras.

URGENCE

papa appelle ray,
je l'entends depuis
une distance qui me paraît
des milliers de kilomètres.

Maman lave mon visage,
me tient la main
et veut savoir
si j'ai quelque chose de cassé.

Tout est cassé, je voudrais dire,
mais on a fait sortir tout l'air de mon corps,
et les mots ne fonctionnent pas, de toute façon.

Papa et ray mettent leur manteau.
Taches brumeuses, ils entrent dans la chambre,
'c'était qui ?'
c'est un ordre.

Et quelqu'un murmure,
aidan vaine.

URGENCES

tata clare reste avec moi, me tient la main
pendant qu'un infirmier me recoud la face,
vérifie que je suis encore vivante.

Apparemment mon cœur bat toujours.

Même si, en vrai, je me sens
achevée.

Qu'est-ce que t'as fait à aidan vaine ?

papa ne répond pas.
Alors je redemande,
papa, il s'est passé quoi ?
et pourquoi t'as emmené ray avec toi ?

'parce que c'est une brute', dit papa,
'les deux, lui et ray.'
Ça me fait mal aux côtes quand je ris.
La bouche de papa frémit,
puis il me prend la main,
et je voudrais qu'il ne la lâche jamais.
'on lui a donné un avertissement, c'est tout.
Il ne va plus s'en prendre à toi maintenant,
on aurait dû faire ça depuis longtemps.'

Je ne lui dis pas que je voulais m'en charger, moi-même,
et que la prochaine fois,
je serai prête.

TOUT S'ARRÊTE

pour noël
et je voudrais que les vacances durent toujours.
Après les longues et lentes journées à l'intérieur,
sans quitter la maison,
ponctuées seulement
de cadeaux, de télé,
de chocolat et de jeux de société,
les veillées tardives,
les grasses matinées,
je vais devoir retourner au lycée.

Les coups sont verts et violets et orange
et noirs et bruns,
mon visage une toile
peinte par la haine.

Je parle à rosie –
on s'envoie des messages toute la nuit,
mais sa voix me manque
et son rire
que je sens sous ma peau.
Ses yeux marron me manquent,
la manière dont elle me regarde
et semble voir
quelque chose d'autre,
pas ce que le reste du monde voudrait
que je croie
de moi.

Le parfum de maman a volé en éclats,
perdu quelque part
(j'ai tenté de ramasser les morceaux
dans le noir,
mais trop tard)
alors je n'ai rien à offrir.

Ray me tend une enveloppe
quand il vient déjeuner
le jour de noël.
Maman sourit, hoche la tête, et ray hausse les épaules,
le regard fuyant. Il fixe son dîner.
C'est pour s'excuser, j'imagine.

Quand personne ne me voit
je mets l'argent
dans le porte-monnaie de maman.
Ma dette, un peu tard, pour le coup
des chaussures débiles.
L'époque où je croyais pouvoir payer
pour entrer dans un monde de gens que je déteste.

Mes parents m'observent
les yeux terrifiés.

Papa dit que la prochaine fois il les tuera.

TU NE PEUX PAS RESTER CACHÉE POUR TOUJOURS

quand rosie m'invite chez elle
pour le nouvel an –
une fête !
je m'apprête à dire non –
parce que – et si...
    'et si quoi ?'
    demande maman.
Je clarifie,
je parle fort, et lentement,
je ne retiens rien, pas comme avant,
je laisse mes mots se répandre
        comme de l'huile,
masse visqueuse
    partout sur sa moquette propre.

et si ses amis ne m'aiment pas ?
et si elle ne veut pas vraiment que je sois là ?
et si c'est simplement par politesse ?
et si ?
    et si ?
        et si ?

maman rétorque,
refuse de me laisser parler,
    'ne sois pas ridicule,
    rosie est ton amie.
    elle ne t'inviterait pas
    si elle ne voulait pas que tu viennes.'
je hausse les épaules.
    maman crie

et c'est
un choc
comme une porte qui claque sur mes doigts.

'tu ne peux pas abandonner, lily,
essaie au moins,
tout le monde n'est pas mauvais,
et dans la vie, il y a d'autres choses à faire
que de s'apitoyer sur son sort.'

HA !
je lui ris au nez.

et c'est ***toi*** *qui dis ça ?*
je me moque.
t'es mal placée pour m'engueuler,
maman.
vu la catastrophe que t'es.

alors on se tait toutes les deux,
et ce que j'ai dit,
je le pensais pas,
je peux pas le retirer,
mais je sais que c'était pas bien.

BERNADETTE (16)

Ça fait mal de l'obliger à sortir –
Mais si elle reste à l'intérieur,
Combien de temps elle va vouloir
Être ici,
Et se cacher ?

JOLIE

j'ai eu beau me maquiller
on voit encore
que quelqu'un m'a tabassée.
rien ne peut dissimuler le fait
que le sac de frappe
c'est moi.

trop tard pour m'enfuir à présent.
je fais une grimace à la glace
sans attendre sa réponse.
    'tes belle comme tout, mon cœur',
    dit maman.
comment ça se fait qu'elle soit aussi gentille
alors que j'ai été aussi méchante ?

papa m'accompagne jusqu'à chez rosie,
on prend un bus
et puis un autre.
il veut que je sois en sécurité, il dit,
comme si j'étais un grand bébé
qui ne peut pas sortir tout seul,
mais je suis contente qu'il soit là
à mes côtés.

rosie a des paillettes sur le visage
et sa peau brune
est lisse
et veloutée.
comment elle fait pour être aussi lumineuse ?

est-ce qu'elle mange du soleil au petit déjeuner ?
un clair de lune pour le dessert ?

elle me prend la main,
fait coucou à papa,
m'attire à l'intérieur.
je me tiens à elle
et je ne veux pas lâcher.

elle a une grande maison,
une rue plus bourge que la mienne,
proprette,
jardins illuminés.
et rosie étincelle aussi –
elle scintille
de sequins, un habit
brillant, de fête,
je ne savais pas qu'elle avait ça.

'oh, wow, lily',
elle me dit en m'entraînant,
't'es trop belle'.
je rougis,
je contemple
mon jean,
mon haut noir, tout simple,
cardigan long
qui recouvre tout.

elle me regarde de plus près, fronce les sourcils,
'qu'est-ce qui est arrivé à ton visage ?'

je décide de ne rien dire,
je rigole, murmure que je me suis disputée,
et puis plus de temps à perdre,
elle me présente à ses amis
qui sourient, me proposent un verre, des chips, un fauteuil,
me posent des questions sur ma vie
et écoutent quand je parle.

'ah, c'est toi, lil !'
s'écrie une fille souriante,
'rosie parle de toi tout le temps !'
et je cligne des yeux,
je déglutis,
j'essaie de m'autoriser à penser
que c'est la vérité.

il y a de la bière
et du vin,
quelqu'un a apporté de la vodka,
rosie a préparé du punch –
je ne l'ai jamais vue saoule,
elle parle fort, se déchaîne,

grands rires, dents blanches, sourire immense, lèvres cerise,
ses courbes crient 'regardez-moi !'
je regarde
son allure de reine,
elle est certaine de son droit d'être vue.

les enceintes martèlent leur son, du grime,
puis du hip-hop,
old school –
'mama said knock you out', ils scandent,

et dansent,
mélange de pieds, de jambes, de bras, de mains,
rapides, en rythme, résonnants,
et les corps se balancent.

je regarde,
je me souviens, et j'essaie de ne pas me souvenir.
d'abord je suis mal à l'aise,
je ne sais pas comment bouger,
et puis le rythme vient m'emporter,
je tape du pied,
je sens la musique frapper mon squelette.

rosie a les bras en l'air,
et elle vient contre moi,
elle rappe,
hallucinant !
aucun des gens
de mon lycée
ne lui arrive à la cheville.

quelqu'un regarde dehors,
aperçoit des flocons,
alors on se dépêche,
on va danser dans le tourbillon,
ça colle aux cheveux,
ça se dépose sur nos lèvres
et c'est comme ça qu'on accueille la nouvelle année :
3... 2... 1...

je savais pas
qu'il pouvait se passer des choses comme ça
dans la vraie vie.

PARTIE 3

se relever encore

quand je serai forte
rapide
solide
je choisirai mon objet
à son poids
à sa taille
à sa masse.
je regarde tous les trucs
au fond de la cabane de papa,
rangées d'outils
aiguisés, émoussés –
des armes.

je marcherai le long des rues
et j'attendrai tapie
à côté du lycée.
et quand je les verrai
je leur infligerai
toute la douleur qu'ils m'ont fait ressentir.

et ça leur fera mal.

et je m'en ficherai.

je me penche, je soulève
une hache.
elle force mon bras
à plier,
lentement, doucement.
je la lâche, m'en écarte,
nausée
en pensant
à ce sang
que je pourrais répandre.

BLUES DE JANVIER

de retour
à l'école,
à l'entraînement, intense,
bientôt, quelque part, ce sera le combat.

les boules de neige fusent dans le
matin sombre
et quelque chose me frappe
à l'arrière de la tête,
quelque chose de plus
tranchant que la neige,
quelque chose qui me dit
on n'en a pas fini.

on n’en a pas fini du tout.

je m’éloigne
dans les tourbillons troubles de la tempête,
de la glace dans les cheveux,
du sang
sur les mains,
dans mes pensées.

en me voyant aidan rigole de l’autre côté de la salle
même s’il arbore lui-même des bleus, un œil au beurre noir,
il sait que papa et ray
ne seront pas toujours à côté de moi,
pas là à me surveiller chaque seconde,
et aidan vaine pense
qu’il m’aura à nouveau.

je le fixe jusqu’à ce qu’il cesse,
et puis je ferme les yeux,
je vois la salle de sport, rosie,
d’autres lieux, des mondes mieux,
des vies sous un ciel étoilé.
(mais je me vois aussi,
trépignante,
bouillante,
patiente,
mûrie,
presque presque prête.)

à la pause j’envoie un message à rosie :
je voudrais que tu sois là
même si je lui ai jamais dit
comme ça peut être dur parfois,

je devine qu'elle devine,
parce que sinon j'aurais d'autres amis.

les gens gardent leurs distances
mais en allant en maths
je tombe sur mollie.
'oh', elle dit,
'euh,
ça va ?'
            je hausse les épaules,
                        elle s'attend à quoi ?

RÉSOLUTIONS

répète après moi.

je vais être une fille
qui se relève
de la boue
des égouts
du silence
du rien qui m'attendait,
absence de destinée.

j'ai pris toute ma rage,
et je la mange,
j'en fais quelque chose,
un moi
qui chante
une mélodie
qu'un jour tout le monde entendra.

il y a une révolution en moi :
grondante, géante,
qui m'entraîne en avant,
et j'aime comme elle me cueille,
cette marée,
cette montée de sang
pulsant de volonté.

je vais être une fille
qui se relève
de la boue
des égouts
du silence
du trou qui m'attendait.

je suis une fille
je maîtrise mon destin.

PRÊTE OU PAS

jane dit
qu'elle planifie
qui va se battre contre qui.

il est temps
de nous faire une place,
elle déclare,
de montrer au monde
qui on est vraiment.

je me détourne
parce que je n'aime pas frapper
rosie
et j'ai peur que ce soit
ce qu'elle veut que je fasse.
j'étouffe mes objections.
les excuses, jane, elle les accepte pas.
je sais qu'il n'y aura pas d'exemptions.

'notre tournoi de boxe,
on le fait chaque année', elle dit,
'enfin, j'essaie', dit jane, 'quand je peux –
vous avez bossé dur, toutes,
c'est pas si fréquent pour les filles ce genre de choses,
on veut que notre salle commence à se faire un nom, hein, lil ?
pourquoi on ne nous remarquerait pas ? et vous aussi,
vous le méritez.'

oui,
mais je suis pas encore au niveau.

'on verra', dit jane.

on fait des enchaînements
toute la soirée
et à la fin
je suis crevée.

'entraînement', dit jane,
donc on s'entraîne,
comme si c'était la seule réponse.

j'envoie un message à rosie
pour lui dire ce que je pense,
que je ferais mieux d'abandonner,
de jeter l'éponge
quand c'est encore possible.

'même pas en rêve', elle me répond,
un appel, tellement elle est outrée.
et aucun doute
sur sa sincérité.

je veux pas me battre contre toi.

il y a un blanc

et puis un autre

'okéééé', elle dit,
'd'accord, oui,
mais tout le monde perd un jour,
baby.'

mais moi je perds
tous les jours.

ces mots s'arrêtent
à la pointe de ma langue
presque dehors
mais pas encore assez téméraires
pour la laisser entrer.

'c'est pas de gagner ou de perdre qui compte, lil,
l'important c'est de participer',

dit rosie,
et puis on se marre
et on raccroche.

aidan

me regarde
comme s'il avait gagné.

il n'a aucune idée.

mollie vient se faufiler près de moi au déjeuner un jour,
'hey', elle dit,
'ça va ?'

je hoche la tête,
bourre mon sac
de mon déjeuner,
je me demande ce qui se passe.

'écoute', elle dit,
les cils papillotant,
et je sais bien qu'elle vérifie
si personne ne la voit
fraterniser avec la sans-amis.

'je suis inquiète, c'est tout –
aidan – enfin, tu devrais faire gaffe.
t'as appelé la police, c'est ça ?
tu leur as dit qu'il t'avait tabassée ?

ils l'ont menacé,
ceux-là,
ton oncle ray, ton père,
ils l'ont un peu bousculé –
c'était peut-être pas une super idée,
peut-être que tu devrais, je sais pas, t'excuser ?
juste pour détendre l'atmosphère ?'

c'est une blague ?
je dis,
et mollie
s'éloigne,
les mains en l'air.
'pardon de t'en avoir parlé',
elle marmonne,
'fais ce que tu veux,
espèce de maboule.'

DEHORS

elle est toujours là
c'est ça que je vois
quand je rentre chez moi :
maman attend.

mais pas aujourd'hui
pas un bruit
pas de mot, pas de message,
comme si la maison complotait

pour me piéger,
m'envoyer arpenter la rue
à toutes jambes,
oser

crier son nom
à tous les vents
frapper aux portes
les laisser se moquer

je savais pas qu'elle était capable de marcher,
j'entends déjà ricaner,
elle a pas pu aller bien loin,
elle doit être dans le coin

maman, j'appelle, *maman* –
un enfant perdu dans la neige –
maman, t'es où ?
je ne veux pas qu'elle sorte.

de l'autre côté de la porte
les rues sont de givre
le ciel est comme des couteaux
le danger est partout.

la sonnette tinte
mikey est là,
la mère de son ami le dépose,
je prétends que maman est par là.

aucun bruit
sauf mon cœur
chamade
alerte rouge.

BERNADETTE (17)

Dérivation
Anneau
Manchon
La liste des options
Est infinie.
Mais le spécialiste dit
Que je suis éligible –
Mon IMC
Étant beaucoup trop haut.
D'ailleurs, il est surpris
Que je sois toujours en vie.

Non.
Il n'a pas dit ça.
Je l'ai lu dans ses yeux.

'Ce n'est pas une baguette magique', il dit,
'Votre style de vie, votre alimentation, vont devoir changer.
C'est un long processus,
Il faudra perdre du poids.
Et il y aura, bien sûr, une longue attente.'

Longue comment ? je demande,
Impatiente, enfin.
Je n'ai pas de temps à perdre, il est déjà presque trop tard.

RETOUR

t'étais passée où ?
je hurle
tu vas bien ?
maman a l'air perturbée,
ne veut pas parler
du tout,
pend son manteau dans l'entrée,
fait un câlin à mikey,
        'tout va bien, du calme.'
mais t'étais où ?
        'dehors', elle dit, 'j'ai été retenue,
        je suis là maintenant, ne t'inquiète pas, mon chou.'
vague de soulagement, mais de colère aussi –
elle se comporte bizarrement
comme si j'étais débile –
je la connais :
ça, c'est pas maman.
parfait, je dis,
eh bien, moi aussi, je sors.
        'pour aller où ?' elle demande.
        'à l'entraînement ?'
trop tard.
je suis sortie.

SE LA PÉTER

je veux voir combien je peux soulever.
j'empile les poids
et les questions, je les hisse loin au-dessus de moi,
mes muscles carburant à la frustration,
faisant jouer mes bras.
apparemment je suis plus forte que je ne le croyais.
jane lève un sourcil,
me tape dans la main –
tope là –
et moi
je marche un peu plus déhanché.

'mais attention, lil', dit jane,
'ne rends pas tes bras
trop lourds pour les lever :
rapides et légers, lil, rapides et légers.'

aucun signe de rosie,
elle n'est pas toujours là,
mais il y a kezia.
'on s'entraîne sur le ring ?'
je dis d'accord d'un coup d'épaules,
pas idée
de refuser.

on entre sur le ring
et c'est là que je le sens dans mon ventre :
tout ce que j'entends
c'est mon pouls
qui fait enfler mes tympans.

j'enfonce mon protège-dents,
j'enfile mes gants –
je regarde autour,
jane juste derrière les cordes,
d'autres qui s'attroupent,
il se passe quoi ?

mais pas moyen de reculer,
kezia est prête,
sourire, patience,
elle me fixe
avec des yeux
qui veulent dire
allez !
dépêche !
trop lente !

elle m'atteint en premier,
j'oublie de l'esquiver,
bien sûr ça fait mal
j'ai l'habitude,
je laisse
glisser,
pas le temps
de penser
à la douleur
qui est là, à celle qui viendra,
pas le temps de
planifier, de programmer,
pas le temps de s'inquiéter.

juste bouger
            comme jane te l'a appris

comme tu t'es entraînée à le faire avec rosie
    avec papa
cent fois
    mille fois
dans la chambre, gantée,
    à envoyer des coups
vérifier ta foulée
    jour après jour
comme pour te préparer à ce moment.

protège ton visage,
trouve ton espace.

je prends un coup
et un autre
et un autre
c'est kezia qui
se fait prendre par surprise cette fois-ci,
je tire profit
de mes avantages,
ma masse,
ma force,
soudain je me sens
géante
quand elle est dans les cordes
le souffle rapide
ma foulée encore plus rapide,
pas sûr que je
gagne
mais je sais que je peux tenter.
kezia revient à la charge,
nos poings se mettent à voler.

ça fait combien de temps ?
un match comme un ouragan,
quatre rounds passés,
personne à terre.

elle me frappe à nouveau,
mais mon menton est en marbre maintenant,
même s'il y a du sang dans ma bouche –
je ne tombe toujours pas.

jane s'avance sur le ring.
'bravo', elle commence
et son sourire me plaît,
j'essuie la sueur autour de mes yeux
quand elle se met à expliquer
ce qu'on a mal fait.

j'essaie d'écouter, d'apprendre,
et enfin, on a terminé –
j'ai mal, je brûle, et je suis grande.

kezia sourit,
lève les yeux, rencontre mon regard.
'tu t'es améliorée', elle dit,
'joli,
à une prochaine fois.'

à éclater

j'ai tellement hâte de tout raconter à papa,
mais quand je rentre il n'est pas là,
il y a seulement maman.
tout est silencieux
trop silencieux
pas même le bruit de sa machine à coudre,
ou de la télé qui babille
dans l'obscurité.
    'tu t'es bien amusée ?'
    demande maman.
son visage est blême,
sa mine étrange.
je dis *oui,*
je m'en suis bien sortie,
et je me demande ce qu'elle
serait prête à entendre.
elle a du mal à comprendre.
    'super, ma puce, viens t'asseoir près de moi
    ici, j'ai des choses à te dire.'
il est où, papa ?
ses yeux deviennent flous.
    'il n'est pas là pour le moment,
    il reviendra bientôt.'
il se passe quelque chose de louche
et je ne veux pas savoir,
toute la colère murmurée,
toutes les discussions animées,
maman qui ne dit rien, ne parle pas à papa,
papa qui sort, qui rentre tard,
qu'est-ce qui leur arrive ?

il veut nous quitter ?
mais maman remue la tête.
'non,
il ne ferait pas ça,
on est une équipe.'
même si ses larmes me font douter.

alors qu'est-ce qui se passe ?
autant faire face,
mais je ne suis pas préparée
à ce qui vient ensuite.
'aujourd'hui
quand je suis sortie
j'étais...'
elle déglutit,
mains jointes
comme si elle était en train de prier.
'à l'hôpital
pour voir une infirmière,
faire des examens,
parler à des docteurs,
ce genre de choses.'
et tout à coup je comprends –
oh mon dieu
tu es malade ?
oh maman,
qu'est-ce qui ne va pas ?
la culpabilité me noie, j'ai été une sale peste,
je l'enlace tout serré,
je me déteste
d'avoir crié, hurlé,

fait ma gamine trop gâtée
alors qu'il lui arrive tout cela
et moi je n'ai pensé qu'à moi.

'non !
une seconde, lily,
ce n'est pas ça.
attends. je ne suis pas vraiment malade,
enfin, je suis désolée,
je suis désolée, écoute-moi.
ce n'est pas vraiment
ce que tu crois.'

et puis elle m'explique
ce qu'elle compte faire,
me dit que papa n'est pas pour,
mais c'est juste qu'il est inquiet
et elle pense que c'est la bonne décision
et espère que je suis d'accord
que ça va lui changer la vie.
elle veut être
libre.

BERNADETTE (18)

La dernière chose que je voulais
C'était décevoir ma fille.
Mais c'est tout ce que j'arrive à faire, apparemment.
Elle me regarde
Comme si je lui avais dit

Que j'allais m'enfuir
Et ne jamais revenir.

'Mais maman', elle s'écrie,
'Tu ne peux pas faire ça.'

Il le faut.
Je suis au bout du rouleau.
Je ne lui dis pas ça, évidemment.
On ne dit pas à son enfant
Qu'on ne vit plus vraiment,
Qu'on attend seulement de mourir.

Je sais que c'est dangereux, Lil,
Je lui réponds.
Bien sûr qu'il y a des risques.
Elle pense que je ne m'en rends pas compte ?
Qu'on ne m'a pas prévenue ?
Mais j'ai pris ma décision –
Et oui, bien sûr que j'ai peur,
Je suis humaine, après tout.
Je lui explique ça,
Et elle s'en va,
Sa porte claque,
Me laisse dehors
Et je me demande
Si un jour je ferai encore
Quelque chose de bien.

FORTE

la prof nous fait changer de place –
elle se croit autorisée –
ravie de son nouveau
plan de classe.

elle est folle ou quoi ?
elle n'a pas remarqué
comme il me provoque
depuis l'autre côté de la salle ?

voilà qu'aidan est à côté de moi
et mon ventre se noue,
il ricane et il crie,
contredit, n'écoute pas.

il file un coup de pied à sa chaise
puis enfin s'avachit,
poussant des jurons silencieux,
fait des gestes vers moi, vers la classe,

se marre avec eux,
se trouve drôle.
je me décale,
rêve de détaler,

puis il se penche,
prend mon stylo,
le balance à stacey,
ricane à nouveau.

arrête ça, je lui dis,
rends-moi mes affaires.
'va te faire foutre', il répond,
'espèce de grosse pute.'

il commence à jeter mes livres
sous les protestations de la prof,
il se moque d'elle,
sait qu'elle n'est pas une menace.

'sale truie', il dit,
'allez, suce-moi la bite',
désigne son entrejambe,
'pauvre salope,

elle en veut, la grosse',
il déclare à ses potes.
mon visage brûle,
mon corps tremble.

va crever, je hurle,
c'est quoi ton problème ?
et voilà, c'est là, c'est maintenant,
je sais quoi faire.

il me prend au cou,
tente de me faire baisser la tête
de m'enterrer là,
de faire le spectacle.

mais je presse et je pousse
et la table tombe, les chaises aussi,

je joue des épaules, des pieds,
toute ma rage relâchée,

parce que non, ça suffit,
ça n'arrivera pas une nouvelle fois –
je ne suis pas une victime,
c'est l'heure de la revanche

alors

je

me projette et **j'éclate**

la salle explose
de cris d'excitation,
personne ne sait

qui je suis à présent –
que j'ai un plan –
j'ai joué ce combat-là
et j'ai toujours gagné.

'oh bordel ! regarde-la !
bats-toi ! allez ! bats-toi !'
aidan vient me chercher,
il laisse rien tomber.

le nez en sang,
il attrape quand même, s'élance,
j'esquive, j'évite,
je le regarde trébucher

et comme il a baissé sa garde
il ne sait pas quoi faire,
se croit trop fort,
ignore que je suis devenue

plus forte que lui,
ma coquille comme un bouclier,
mais il n'abandonne pas,
ne cède pas,

la prof pleure et piaille,
essaie de faire cesser
ce qui commence à peine,
mais si je veux faire passer

un message,
dire que ça s'arrête là,
il va falloir que je m'accroche
avant de tomber.

la voix de jane dans le crâne –
moi aussi j'ai de la valeur,
papa est derrière moi,
et je balance

un crochet du gauche, dur,
et puis un direct,
il recule, éberlué,
il savait pas que je pouvais cogner.

mes poings sont en feu,
mon monstre est lâché,

il n'osera plus me toucher,
pas après cette bagarre.

de plus en plus vite
mes poings se mettent à saigner
mais je ne sens pas la douleur
et il n'est pas aussi rapide.

moi je commence à peine,
et j'irai jusqu'au bout,
je veux qu'il me voie clairement,
maintenant que j'ai mon mot à dire.

mais ça finit si vite.
quelqu'un m'attrape le bras
et ils me font reculer
avant que je puisse nuire.

c'est ce qu'il mérite
vous voyez pas ?
pourquoi je me défendrais pas ?
ils ne me laissent pas tranquille.

'putain mais arrête !'
aidan est toujours par terre,
son nez entre les mains
mais moi j'en veux encore –
le sang appelle le sang,
c'est pas ça qu'on dit normalement ?
maintenant c'est vrai
c'est mon moment.

je l'ai fait, je l'ai eu
et je peux recommencer.
plantée dans le couloir
je n'ai honte de rien.

PUNITION

'on n'est pas dans un zoo', dit le proviseur.
'on ne frappe pas des gens
comme ça.'

tout le monde attend que je m'excuse.
je hausse les épaules, ferme les yeux.
je m'en fous complètement.

'ça ne te ressemble pas', geint mon prof principal.
je m'en fiche maintenant –
je l'ai vu saigner.

bien fait pour lui, je dis enfin.
ça ne leur plaît pas
alors je suis suspendue

une semaine.
je hausse les épaules

et je dis merci.

PLUS FORTE

rosie éclate de rire quand je lui raconte
et puis ses traits deviennent fermes,
elle remue l'index, me prévient,
'ne raconte rien à jane.'

pourquoi ?
c'est elle qui m'a dit
de me défendre, je réponds
en mettant mes gants.

'je pense pas qu'elle voulait dire ça,
je crois qu'elle veut dire sur le ring',
répond rosie, et me colle un direct,
alors qu'on se met
à s'échanger des petits coups, à s'essouffler, danser
(enfin c'est comme ça qu'elle bouge, rosie,
je pourrais la regarder
jour et nuit).

'elle a réagi comment, ta mère ?'
elle est pas très contente, je murmure
en esquivant, puis je m'élance,
mais c'est comme ça,

tant pis.

en vrai, maman a pleuré
et papa a juré.
mais c'était à cause d'aidan, en fait,
des choses qu'il a dites,

et que j'avais écrites sur un bout de papier
déposé sur la table de la cuisine,
incapable de forcer ma bouche
à les prononcer.

(je n'ai pas expliqué à rosie pourquoi on s'est battus –
si je lui disais ces choses,
elle pourrait les penser aussi,
s'apercevoir
qu'aidan a raison.)

'je suis content pour toi, lil', a déclaré papa,
le visage blanc
et tendu,
tentant de canaliser sa colère.
mais maman n'a fait que pleurer, pleurer, pleurer.
ça m'a donné envie de la taper aussi.

ROCHER

la seule chose qui reste c'est
se battre
s'entraîner
courir,
lutter pour devenir
plus forte,
plus rapide,
pour ne plus sentir
les coups,
pour ne plus rien sentir du tout.

qu'ils me huent,
qu'ils tentent de me faire taire,
qu'ils rigolent, qu'ils regardent.
je sais être plus forte.
un rocher
sans failles.
une pierre
sans larmes.

je ne veux pas rester chez moi
à voir le visage de maman,
son regard implorant.
à vouloir lui dire combien c'est dur
de faire l'effort.
qu'elle triche, elle,
solution facile,
avec tous les risques.
je ne veux pas me mordre la langue pour être gentille.

pourquoi je suis la seule à devoir compatir ?

OB_S__E

je suis bête ou quoi ?
c'est un test
pour savoir si je sais écrire ?

ou peut-être que t'essaies juste d'être méchant.

je voulais être danseuse étoile
comme toutes les autres petites filles,

tournoyer
dans des nuées de tulle rose,
en tutu bien net.

maman m'a fait ma jupe
et j'avais des rubans.
de longs rubans roses
qui portaient haut mes couettes.
maman m'applaudissait quand je dansais dans le salon,
certaine de savoir voler.

maintenant je mets mes gants, je serre les dents, et j'attends.

ROSIE

veut savoir ce qui ne va pas.
rien, je réponds
en martelant
le sac de frappe,
essoufflée,
pas envie de parler.
laisse-moi tranquille,
je lui dis,
c'est rien.

'ok', elle répond,
mais si tu veux parler,
je suis là.'

plus tard je me déteste
de l'avoir repoussée.

pardon, je tape.
elle me renvoie un smiley et
des cœurs.

viens me retrouver
elle écrit
je m'ennuie, pas toi ?

je fais le mur –
c'est ça qu'ils font les ados normaux –
et de toute façon
je peux plus respirer, ici.

il fait sombre,
on est seulement en février,
les jours trop courts
et le vent dépité, bilieux,
me tire les vêtements et les cheveux.

on se retrouve en ville
près de la statue
qui commémore
ceux tombés au front.

je me rappelle ce que je voulais être,
il n'y a pas si longtemps,
les soldats dont j'avais parlé
à une salle remplie de gens qui s'en foutaient,
des gens qui meurent pour leurs valeurs,
pour leur pays
(comme des agneaux à l'abattoir),
de l'horreur
de la guerre.

je dis tout ça à rosie,
que je déteste les disputes,
les bagarres,
le conflit,
les bains de sang.
qu'un jour je voudrais être
quelqu'un qui sauve.

'ironique', elle rétorque,
'c'est qui, déjà, qui a montré à kezia
un truc ou deux ?
sans parler d'aidan vaine.'

mais c'est différent, non ?
'oui, bien sûr,
je te taquine, nounouille.'
elle me prend le bras.

c'est pas pareil de la toucher comme ça
même à travers le gros duvet de son manteau.
elle est tiède –
sa main,
sans gant,
étreint la mienne.
'viens', elle dit et
m'entraîne à travers les rues
et

            je sais pas comment

                        j'arrive

                                    à suivre.

on court vers nulle part,
on dépasse les ivrognes sous les porches
et les mecs qui vont en boîte, les filles
qui rigolent en talons aiguilles,
et pas grand-chose d'autre.
on traverse la ville
au pas de course,
on saute par-dessus les poubelles
et les nids de poule sur les rues blessées
et je respire tout ça ;
la nuit d'un bleu néon
tout cet enfer,
la manière dont on dirait
qu'on s'en va quelque part
et que personne
ne peut nous arrêter.
je ne sens pas la pluie
qui mord ma peau,
parce que je m'élance,
je pourrais avaler la ville d'une grande goulée,
je vole,
je flotte,
ailée,
libre.

'on va chez toi',
dit rosie,
'c'est plus près,
viens,
on y va.'
le souffle coupé, rouge vif,
je remue la tête.
non.

il y a des choses
que je préfère
que rosie ne sache pas.

ça ne te ressemble pas

'parle-moi, je t'en supplie', dit maman,
'on était si proches avant,
tu me disais
tout.'

quand ? il y a dix ans ?
qu'est-ce qu'elle en sait ?
je lui disais seulement ce qu'elle voulait croire,
que j'étais sage et silencieuse
et pas du genre à mettre le bazar.
eh bien,
non,
figure-toi.

les filles sages
ne vont nulle part.

je suis quelqu'un de différent, apparemment.
cogner, courir, sculpter mon corps,
je pousse toujours plus fort
pour prouver
quelque chose.

pompes,
squats,

saut,
sueur,
maintenant j'aime la douleur.

je travaille mon endurance,
ma foulée,
ma force.
papa vient regarder,
une cigarette aux lèvres,
c'est la première fois depuis des jours
qu'il est de retour à la maison,
ses yeux se plissent,
j'arrive pas à savoir
si ce qu'il voit lui plaît.

je lui tends les gants.
tu veux te battre,
papa ?

il écrase le mégot
par terre,
enfile ses gants.

'allez, vas-y, lil,
montre-moi ce que t'as dans le ventre.'

quelques coups

puis je le serre fort.
ça fait du bien de tenir quelqu'un dans ses bras,
même comme ça,
en combat.

'ok',
me dit papa,
'alors, qu'est-ce qui se passe ?'

rien.

'pourquoi ta mère est en miettes, lily ?'
demande papa,
la voix sérieuse,
me force à détourner le regard.
'c'est ta mère que tu blesses,
fais pas n'importe quoi.'

TÊTE BRÛLÉE

je les entends parler,
aidan a volé une voiture hier soir,
a fait le tour du quartier
et conduit sur la route,
          bourré,
                    trop vite,
                              l'a défoncée,
décoré un lampadaire avec,
                    s'en est tiré à genoux.

stacey est absente –
est-ce qu'elle était avec lui elle aussi ?
les visages inquiets,
je ne demande pas
ce qui s'est passé,
ou pourquoi ça les intéresse.

si j'avais une voiture
j'irais
tellement loin
d'ici
qu'on ne verrait même plus
mon ombre.
aidan accroche mon regard,
quelques secondes nos yeux se rencontrent.
je lui envoie des vagues de haine,
le visage rempli de dégoût,
il jure,
fait un geste,
quelqu'un le retient.

'alors', dit mollie,
qui s'avance, les yeux sur son téléphone.
'tu fais quoi ?
t'as l'air en forme, tu sais.'

deux autres filles
nous rejoignent à la table,
comme si j'étais dans le gang, désormais.

je réponds aux questions d'un haussement d'épaules,
resserre mon manteau autour de moi,
pas question qu'elles apprennent
que maintenant je me bats.

j'économise mes poings
j'économise mes mots
j'économise mes secrets,
peu importe les rumeurs.

'aidan est un connard',
décide mollie,
et contemple mon visage
en sortant les couteaux,
l'écran de son téléphone.
't'as vu ça ?
stacey est dans un état.'

c'est si tentant
de ruminer ça avec elles,
de me marrer, du moment
que je joue mon rôle de copine.

je pourrais en profiter
pour faire des réserves
de poison.
mes futures munitions.

garde ça pour ceux qui en ont quelque chose à faire, je réponds,
et je me lève et je pars.

CONCENTRATION

en cours je réfléchis
(pendant que le prof bavasse)
à ma foulée.

mes hanches
qui bougent –
gauche,
            droite,

les jambes sous les épaules,
prête à frapper d'en bas –
je sens mes muscles
frémir,
se tendre –
en équilibre,
attaquer,
vive
comme
l'éclair.
dehors, haut dans le ciel, le soleil s'infiltre,
et sur le chemin de la maison
je vois du bleu.

Bien s'habiller

chez moi dans ma chambre
j'ouvre les placards
secoue les tiroirs
décroche les vêtements de leur cintre
et réunis tout ce qui n'a
jamais vraiment été
moi.

un sac noir à ras bord.
je le traîne jusqu'en bas.
'c'est quoi ?'
demande maman.
des conneries,
des trucs dont j'ai pas besoin.

elle est trop lente pour m'empêcher
de descendre l'allée d'un pas sonore,

je l'entends appeler, pourtant,
me dire que je suis bête,
et d'arrêter,
qu'on les triera ensemble,
mais

je largue le sac dans une benne
devant le numéro 38,
je rentre chez moi
les mains vides
la tête pleine
de possibilités.

j'ai besoin d'argent
pour acheter des vêtements,
ok ?
'et si moi je te faisais
quelque chose de joli',
suggère maman,
et elle s'essuie les mains,
va chercher des patrons,
je vois déjà des idées
s'épingler dans sa tête –
dentelle, soie, tous ces tissus
et elle qui m'enrobe
m'enroule
m'emmaillotte
bien au chaud, bien en sécurité.

je fais non de la tête,
non merci,
je dis,
c'est pas mon style.
j'évite fermement son regard.
'on n'a pas d'argent de côté
ce mois-ci, lil.
je suis désolée,
on est ric-rac en ce moment.'

et c'était quand exactement la dernière fois
que ce n'était pas le cas ?

Lèche-vitrines

on se retrouve en ville.
rosie aime les jolies choses
et
elle pose
en robe, en jupe,
vêtements courts,
vêtements moulants,
vêtements qui épousent ses formes,
et aussi
vêtements flottants,
longs vêtements –
tout lui va,
tu serais belle même en sac poubelle.
rosie se marre. 'et pourquoi pas ?'
elle dit, et me dégote un pantalon
rayé,

et un autre à carreaux,
une jupe mignonne,
une veste,
des choses chics,
des chaussures
chères.
't'aurais l'air cool là-dedans', elle dit,
et ça, et ça, et ça aussi,
je rougis, elle fait ooh, elle fait aah, et puis moi
je fais l'idiote,
        je me dandine,
on se tape des fous rires,
        on s'habille bien,
            on joue les mannequins dans le miroir,
                on prend des photos pour la postérité,
                    baisers en l'air, sourires...

on regarde les photos,
on se partage un verre, deux pailles.

auprès de rosie
j'aime celle que je suis.

DÉFI

ce jour-là, c'est moi
seule,
pas d'autres amis dans les parages,
et je n'ose pas demander si ça veut dire
que rosie m'a choisie –
je me sens élue, c'est sûr.

'viens par là',
dit rosie,
et voilà qu'on est ensemble
sur son lit,
à regarder des films
sur son téléphone,
têtes se touchant presque,
au chaud.

j'aime être dans sa chambre,
commencer à en faire partie,
entre les photos d'elle et de ses amis,
ses posters, ses bijoux,
à feuilleter ses livres,
à chercher des indices.

et puis je laisse échapper,

ma mère va se faire opérer, tu sais.

rosie sous le choc
laisse tomber son téléphone,
m'attrape la main,

'oh merde, pourquoi ?
je savais pas qu'elle était malade,
tu le vis comment ?'

tout de suite je me sens mal, imposture,
je regrette, je voudrais
retirer ce que j'ai dit.

non, mais ça va,
oublie, sérieux, c'est rien, désolée, rien du tout,
'non, pour de vrai, baby, tu peux m'en parler.'

non, je ne peux pas. je récupère mes affaires,
je m'apprête à partir.

'lil ! attends ! pars pas comme ça !'
alors viens avec moi,
je la défie.
viens.

TEST

c'est pas juste de faire ça à rosie –
lui lancer un défi qu'elle ne peut pas gagner,
elle ne sait même pas que c'est un défi.

si rosie m'aime vraiment –
son visage la trahira,
pourtant,
je devrais la prévenir.

la cuisine est allumée,
on entre par l'arrière.
maman et papa sont à table,
jouent aux cartes,
rigolent
de quelque chose.

je ne les ai pas vus comme ça
depuis longtemps.

ils ne s'interrompent pas quand j'entre,
continuent à sourire,
et maman se lève
et rosie s'approche
pour dire bonjour,
déroule son écharpe,
retire son manteau,
comme si c'était tout naturel
d'être là, pour elle.

'alors', demande rosie plus tard,
quand je la raccompagne au bus,
'il se passe quoi avec ta mère ? et toi ?'
rien,
je dis.

't'es chelou parfois,
lily, tu sais.
faut que tu la laisses faire
ce qu'elle a à faire.'

C'EST QUOI MON PROBLÈME ?

peut-être que moi aussi je veux un ticket d'or,
mais pour
moi,
pas de tour de passe-passe
possible.
il faut que je me batte pour m'en sortir –

seule à seule –

jouer selon les règles.

je ne peux pas frapper sous la ceinture,
mordre ou cracher ou mettre un coup de pied,

ne pas cogner quelqu'un qui est déjà à terre.

ni rétrécir pour tenir.

tout ça c'est de la triche.

nouvelles

on est là à fixer
la police dans le couloir
quelqu'un hurle *sales chiens*
tout le monde s'en fout de voir un uniforme ici.

le proviseur entre dans notre salle,
regarde autour,
les yeux plissés,
le visage qui dit : *j'en ai pas fini avec vous.*

puis
il convoque aidan vaine,

'dans le couloir, s'il vous plaît, monsieur vaine.'

aidan se lève,
pousse des jurons,
jette des chaises,
renverse des tables,
buffle,
brute,
abruti –

ça y est, ils l'ont attrapé
et cette fois il ne peut pas s'enfuir.

il se débat,
mais il est presque entièrement piégé.
quelqu'un emporte
aidan vaine
loin d'ici.

moi j'applaudis.

(silencieusement)

et
enfin
je peux
respirer.

L'inévitable

't'as entendu ? t'as entendu ?'
kezia débarque en courant,
'on va le faire ! pour de vrai !'
je sais qu'elle veut dire
le tournoi de boxe de jane.

'tout se met en place, les filles',
dit jane, et elle sourit,
motte de mots
qui m'obstrue les oreilles :
asso, arbitre, juges, matchs,
elle a tout arrangé,
tout est décidé.

je commence à m'éloigner
quand jane me rappelle,
'hey, lil. tu affronteras rosie. t'es d'attaque,
on est d'accord ?'

'quand ça ?' demande rosie, déjà debout,
me tirant vers elle
alors que j'essaie de reprendre mon souffle
pour ne pas laisser filtrer
que c'est la pire nouvelle de toute ma vie.

Le moment

le soir du match
approche –
trop tôt,
j'ai l'impression

et papa depuis des semaines
met la musique de *Rocky*,
esquive des coups invisibles dans la maison,
boxe l'air, fait des fentes,
ça m'amuse
et me terrorise
tout à la fois.

je me cache la tête sous les couvertures la nuit
à l'idée d'entrer sur le ring.

alors on s'entraîne,
encore plus qu'avant,

chaque matin
avant les cours
je cours
pour toujours, on dirait.

je crois que même dans mes rêves je cours.

(je cours pour éloigner
les examens,
le lycée,
les
notes,

la peur de ne pas obtenir
même la moitié des points dont j'ai besoin
pour me construire un avenir
qui me sortira
d'ici.)

rosie ne fait même pas d'efforts, on dirait,
tout est si facile pour elle,
et même si
je n'arrive pas à la détester pour ça,
ça me plaît pas quand elle frappe
et
crie
trouillarde
si moi je ne la frappe pas.

'allez, lily,
lilou la trouille', elle m'appelle,
et s'élance loin de moi
          vers la route,
              gamine qui joue à chat,
                  fait des bêtises, comme si ça comptait pas.

cheveux encore humides après la douche,
dégagés de mon visage,
gauche dans mon jogging, sac à dos sur l'épaule,
je ne suis le rêve de personne.
ça suffit, je décide,
si elle veut que je l'attrape,
je vais l'attraper.
on se pourchasse,

et voilà que

je l'arrête.

je la tiens bien serrée,
et on rigole,
son visage brillant, souriant,
et sa joie
plus délicieuse que tout au monde.
alors je l'attrape,
je l'avale,
une cuillerée sucrée
qui me brûle la poitrine,
et là
dans la rue
avant de pouvoir me demander
ce que je fais,

je l'embrasse.

elle rit

et je recule,
porte la main à mes lèvres,
voudrais m'enfuir.

'eh ben, je m'attendais pas à ça',
dit rosie,
en tendant le bras.

mais moi
je recule à nouveau,
tente de recoller mes morceaux.

j'entends des *désolée* qui dégringolent,
se répandent dans la rue,
mais j'entends pas
rosie parler,
elle a beau dire des choses,
sa bouche bouge, ses mots sont loin.

je recule
avant qu'elle puisse me dire
ça va pas, ce que t'as fait.

oh

'ça te dit de venir chez moi ?'
elle dit,
et je pense que j'ai dû mal comprendre,

je remue la tête pour désengluer mes oreilles,

elle me prend la main,
l'air grésille, électrique autour de nous –

et cette fois
c'est
moi
qu'on
embrasse.

je réveille

tout ce qui dormait.

je ne sais pas où poser mes yeux,
mes mains,
ma bouche.

mais rosie est assez décidée
pour nous deux.

une nouvelle nuit

elle retire ses vêtements
et les miens
et on s'allonge
l'une auprès de l'autre.

elle me prend la main
et la tient.

elle est douce
et je m'autorise à la toucher,
alors on reste allongées comme ça.

jusqu'à ce que

tout devienne
noir
et clair.

et au matin
elle est toujours là.

ne réponds pas

le monde est silencieux soudain.

si quelqu'un m'appelle
je ne l'entends pas,
si quelqu'un m'embête –
rien à faire.

la prof me retient à la pause,
'qu'est-ce qui ne va pas, lily ?'
je me retiens de rire –
voilà qu'elle a remarqué.

je pourrais lui faire une liste,
mais tout ce qui l'intéresse, en vérité,
c'est les devoirs que je n'ai pas faits
(encore une fois).

'j'appelle tes parents si ça continue',
elle dit.
je hausse les épaules et je m'éloigne.
rien de tout ça n'a d'importance.

tout ce qui compte c'est

rosie.

message

j'aime gagner tu sais
c'est écrit

et puis rosie envoie
un smiley
qui fait un bisou.

c'est moi, ça, peut-être

on m'a envoyée dans l'espace,
j'ai atterri sur une autre planète
et je me fiche qu'il n'y ait aucun moyen
de revenir sur terre.

je me dis
que je me suis acclimatée ici,
à l'atmosphère,
aux nuages trottoirs,
au ciel qui brûle
sous le soleil,
au sang chaud qui lèche
mes veines.

tout est
en feu

et la lumière
s'étend
vers l'au-delà.

moi je brille.

K.O.

qu'est-ce qui s'est passé ?
dit maman.
lil, t'as oublié ta tête ?
dit papa.
concentre-toi !
dit jane.
RÉVEILLE-TOI !
dit la prof.

mais c'est bien mieux ici
au creux de moi
à penser à
des choses
que je n'aurais jamais
pensé devoir
comprendre.

MIROIR MON BEAU MIROIR

je me regarde
et je me demande ce que rosie voit.

je tente de plaquer mes cheveux
pour qu'ils soient
bien plats
bien lisses.

je tente d'aimer
la forme de mon visage.

je tente de
me voir

sous un nouvel éclairage.

et peut-être bien
que du coin de l'œil
j'attrape l'éclat
de quelque chose de spécial.

NE ME LAISSE PAS TOMBER

mais c'est
mon combat,
je dis à maman.
est-ce que je m'attendais à ce qu'elle vienne ?

'je suis désolée',
elle dit,
'je ne crois pas pouvoir supporter
de te voir blessée.
je déteste le sang,
tu le sais, lil.'
mais il faut que tu viennes,
pourquoi tu me l'as pas dit plus tôt ?

'je te l'ai dit',
elle répond.

maman se cache dans son atelier,
papa m'attend
en bas.
si je suis en retard jane va péter un câble.
maman épingle le tissu sur lequel elle travaille
et le met à la lumière,
sans me regarder,
comme si
c'était pas un problème
qu'elle me laisse tomber.

je ne dis pas comme d'habitude.
je ne dis pas c'est la millionième fois.
je ne dis pas
Toute Ma Vie.
'tu n'as pas vraiment
envie
que je sois là,
c'est pas grave.
tata clare viendra,
et ton oncle ray.'

je fais la grimace.
génial

'fais attention à toi ce soir,
c'est tout,
et sois fière de toi.'

(fière c'est
ce que je voudrais
qu'elle soit. **elle**.
d'elle-même,
et de moi.)

BERNADETTE (19)

Voilà donc les placards remplis
D'affaires que tu ne mettras jamais.
Des rêves que tu t'es cousus,
Bonheur de poupée de chiffons
Qui attend, patiemment, derrière les portes de bois.

Tu pourrais coudre quelque chose de meilleur.

Bernadette –
Je te vois
Brillante
Et
Belle –
En
Or.

LE GRAND COMBAT

impossible de regarder les autres.
je suis assise, tête basse, j'attends,
les nerfs à vif,
les jambes en gelée,
j'ai l'impression qu'il y a
en moi
quelque chose
de coincé.

cette douleur monstrueuse,
cette marée de rage.

impossible de respirer.
je vois rosie
sous mes paupières,
dans les cordes, blessée.

je ne peux pas.

'lil, ça va ?'
jane attend ma réponse
et le silence rebondit entre nous.

comment lui dire que c'est
comme si
tout était déjà
fini ?

QUELQU'UN CRIE

mon prénom.
c'est papa
et tata clare.
même ray.
leur bouche
s'ouvre, se referme.
mais je n'entends pas
les *allez*, les *hourras*.

je porte le short
que maman a cousu pour moi –
rouge vif.
comme une championne.

Lily Cœur-de-Lion, m'a appelée papa,
pour plaisanter.

en moi
s'élève un rugissement

NON.

FORTE

elle est où la fille
que je suis censée défoncer ?

elle saute,
agile, vive,

elle feinte,
prête,
patiente.

poing ganté contre poing ganté pour commencer.

c'est la fille que j'ai embrassée la nuit dernière
et celle d'avant.

elle m'a dit que j'étais belle,
qu'elle aimait mon odeur,
les fossettes sur mes joues
quand je souris.

elle est
plus petite que moi
mais coriace –
muscles comme de la pierre,
et elle aime gagner.

j'aime cette fille
plus que je ne m'aime
moi-même.

mais je pourrais la mettre par terre
d'un seul coup de poing.

parce que maintenant je suis plus forte qu'elle.

IL EST TEMPS

de faire mes preuves.

la salle palpite
de lumière et de bruit.
le goût de la sueur sur mes lèvres,
amer, salé.
je me tiens dans mon coin,
je voudrais m'échapper.

rosie est de l'autre côté.
sur la pointe des pieds,
rebondit,
prête,
brave,
en bleu.

je fais déjà naufrage,
déjà finie.

papa attend, observe,
la cloche tinte,
il m'encourage
fort,
sa voix me parvient à travers
les poings qui pulsent
les épaules qui frémissent,
elle m'envoie vers l'avant.

rosie s'approche
son regard veut dire

Allez, Lily,
ESSAIE au moins,
Ne rends pas ça trop facile.
Ne me laisse pas gagner.

Que j'aie l'air un peu honorable, OK ?

elle hoche la tête.

on commence.

SURPRISE

j'observe sa main droite,
elle me tourne autour,
attend,
et voilà les coups,
elle envoie le premier,
un coup oblique,
je me décale,
qu'elle sache
que je n'attaquerai pas.

je ne veux pas la perdre.
pas pour ça.
je bouge,
on échange quelques directs,
la foule attend,
s'égosille,
je ne peux pas ne pas commencer.

parce que quand t'es par terre
t'es un loser
t'es dans le pavé
t'es terminé.
quand t'es par terre
t'es rien
t'es mort
ils ont gagné.

'LILY !'
la voix de papa,
tonitruante.

je le regarde
ses yeux écarquillés,
il attend que je
leur montre
ce que je sais faire.

il fait un signe
et je vois
que maman est là,
après tout,
qui m'encourage aussi.

et pendant que j'ai les yeux ailleurs,
rosie en profite.

oh.

je secoue la tête.
goûte le sang,
pur, cru –

titube,
recule
et
retrouve
mon
équilibre
esquive
un autre
et puis

il est temps
pour

MOI

de dresser mes gants
et
de repeindre
le ring
avec du sang.

c'est facile.

maman porte du rouge
et du orange
et du rose
et le flou d'elle qui crie
pour moi
c'est tout ce que je vois.

ça continue
comme ça.

portée par les trompettes et les tambours
je m'élève –
je vais voler

facile –
comme si j'avais toujours connu les pas
de cette chorégraphie-là.

comme si j'avais passé
des années à apprendre
comment esquiver
comment attendre
comment cogner
et comment m'élancer
vers moi.

je sais exactement quoi faire.

pour
mettre
rosie
au
t
a
p
i
s

relâche les hanches,
respire,
pivote,
fais-la reculer,
barrage de poings,

double direct,
crochet du droit,
crochet du gauche, baisse-toi,
suivre d'un crochet du droit,
uppercut gauche,
crochet du droit –

ses coups à elle, je les sens pas,

je m'étouffe, je m'effondre
sur rosie –
elle doit me tenir,

et puis

elle est dans les cordes.

combien de rounds ?

c'est fini.

la cloche sonne.

et c'est mon bras que jane tient en l'air.

VICTOIRE

je retire mes gants
et mon protège-dents,
je crache du sang,
retire mon casque,

agite mes cheveux pour déloger la sueur,
laisse les hurlements me refroidir.

sans les gants,
est-ce que je vaux toujours autant ?

DOUX-AMER

'sacrée petite teigne, lil',
dit papa,
et il m'attrape, me fait tourner, me soulève, me balance,
en face de tous ces gens,
sur ce ring.

'je savais que t'en étais capable,
je savais que tu le ferais,
je suis tellement fier, ma fille !'

c'est juste un match, papa, rien de plus,
je réponds, et je me dégage et descends
dans la foule.

ma famille est trop gênante.
ray remplit l'espace de ses bavardages,
'c'est ma nièce, c'est notre lil,
phénoménale, vous avez vu ?'
je lui dis de se taire,
mais je brise pas l'étreinte.
'oh, lil', murmure maman,
qui attend juste là,
'ça va ?'

elle pleure
mais elle sourit
et me tient fort
et je crois que peut-être
son sourire vaut bien
ce combat.

merci

d'être venue, maman,
j'arrive à croasser.
          elle hoche la tête
et j'essuie sur mon visage
le sang, la sueur et les larmes.

pas de réponse

rosie a le dos tourné.

quand enfin elle me regarde
et que je vois ce que j'ai fait
je retiens mon souffle.

'félicitations, lil,
beau match,
la meilleure a gagné, je crois.'

son œil gonflé brille déjà
d'un bleu

que je reconnais – j'ai eu aussi cette blessure-là,
et je la sens qui pulse et qui chauffe comme si c'était sur moi ;
nez explosé,
le visage encore maculé de sang.

mais c'est son regard qui fait le plus mal,
je crois que j'ai déconné,
que je lui ai fait vraiment mal
et que c'est pas bien.

je voulais pas,
c'est tout ce que j'ai le courage de dire.

elle hausse les épaules, comme si c'était rien, se force
à sourire,
et je n'ose pas la toucher,
un gouffre s'ouvre entre nous, béant
soudain le monde est très très grand
et moi, très très petite,
il tourbillonne
tandis que rosie récupère ses affaires.

ça change rien entre nous, si ?
je demande.

et je l'entends répondre
rien du tout.

PARTIR

'tu vas au bal de fin d'année ?'
me demande mollie
qui s'est retrouvée à côté de moi.

les nouvelles vont vite –
quelqu'un m'a vue
sur le ring,
et tout le sang
que j'ai laissé,
le sang de rosie
que je ne voulais pas répandre
me poursuit
où que j'aille.

QU'EST-CE QUE T'EN AS À FAIRE ?

'rien', elle répond, et se détourne,
et puis revient à la charge –
'mais aidan, tu sais,
il ne reviendra pas.'
et un genre de petit sourire
éclot sur son visage.
'c'est bien, ça, non ?'

BERNADETTE (20)

Sueur.
Chaleur.
Chevilles enflées.
Doigts,
Cuisses qui se touchent,
Tellement de moi à habiller –
Le souffle court,
Je ne peux même pas mesurer
L'effort
Qu'il faut
Pour commencer.

Pourtant,
Je peux le faire,
Je le ferai,
Je le fais.

Quand Lil part en cours
Je m'oblige à aller
À la piscine.

Et là, dans l'eau,
Je flotte,
Et je nage.

même la victoire est une souffrance

je vais chez rosie.
j'achète des fleurs dans une station-service au passage.

un bouquet pas cher,
un geste pas cher,
des pétales écarlates s'éparpillent,
se recroquevillent,
meurent dans la chaleur
de ma main.
je le jette.

elle ouvre la porte.
j'entre presque.
on se fait face,
juste là
            sur la marche
                        avant de se décider.

pardon, je dis.
parce qu'il faut bien que quelqu'un parle.

'non', elle secoue la tête,
'je crois que je savais que ça se passerait comme ça.
tu t'es améliorée, lil,
t'es meilleure que moi.'
elle avale sa salive.
'bien joué.'

alors toi, ça va ?

'oui, ça va. enfin, les examens, tout ça,
occupée, quoi.'

message reçu.
je suis pas bête.
j'ai l'habitude.

mais ça fait mal –
            la douleur tient
                        mon cœur au creux de son poing.

'lil', elle m'appelle
tandis que je repars,
'écoute, il faut que tu saches
que je suis pas parfaite.
personne n'est parfait.'

ne laisse personne te mettre à terre

la salle me manque,
c'est marrant
mais j'ai envie de bouger.
après ces longues heures assise
à passer des exams
je suis fourbue
j'ai mal partout
alors
je fais mon sac
et je pousse la porte,
retenant mon souffle

au cas où rosie
serait là.

les gens me disent bonjour
et jane vient me voir
pour m'enlacer
et me dire qu'elle est contente
de me revoir.

ça fait du bien de savoir que je leur ai manqué.
je frappe le sac,
je me donne
jusqu'à ne plus entendre
que mes poings et mon cœur
qui pilonnent.
repos.

c'est là seulement que je m'aperçois
qu'il y a quelqu'un derrière moi,
tout près, patiente, et immobile,
bronze et or, son reflet
brillant,
c'est là seulement que je vois qui c'est,
que je m'arrête
et me retourne.

'lil', elle dit.
rosie hausse les épaules –
derrière elle, les filles
acquiescent.
'ça fait plaisir de te voir,
et puis, en fait, écoute,
bon, allez, on y va, on sort d'ici, allez.'

Chez nous

'L'été est presque là',
Dit maman.
Je m'interromps, regarde autour,

M'aperçois
Qu'elle est dans le jardin
À étendre le linge.

Extraordinaire chose ordinaire, une fois de plus.

'Regarde ce ciel',
Dit maman,
Et elle a raison,
C'est beau, tout ça.

Un soleil crémeux glisse sur notre peau.
Mes jambes, mes bras
Sont tièdes, rosissant de chaleur.

'Je me disais que toi et moi, peut-être
On pourrait aller
Se promener dans le coin,
Tu te souviens
De nos chasses au trésor ?'

Elle sourit, et attend que je réponde.

OK.
Et il me vient l'image
De jours lointains, si différents.

Je crois que dix ans ont passé
Depuis la dernière fois
Qu'on a fait ça.

Je règle mes pas sur les siens.
On marche lentement.
Mais ça m'est bien égal.

Elle parle pendant la promenade,
Elle dit qu'elle a quelque chose à m'annoncer.
Et je retiens mon souffle –
        'Non, Lil,
        Ne t'énerve pas,
                C'est une bonne nouvelle,
                D'accord ?'
Je respire.
        'Ton père et moi...'
Je me raidis à nouveau,
Elle me serre fort la main,
                'On a parlé,
                Il a raison, je crois,
                Il y a plein de manières
                De changer sa vie...'
Comment ça ? Tu veux dire, l'opération ?
J'arrive à peine à m'exprimer.
Tu ne vas pas la faire, finalement ?
                'Non, écoute, Lil,
                Peut-être, je ne suis pas sûre,
                J'y réfléchis.
                C'est difficile, il faut
                Qu'on m'aide, tu sais.
                Parfois
                On ne peut pas tout changer

Soi
Même.'

C'est vrai.
Je comprends, et je veux lui dire
Que je l'aiderai, si elle veut,
À trouver un autre moyen.
Mais pour une fois je me mords la langue
Et j'écoute.

'Alors donc,
J'ai postulé pour un boulot,
Rien de spécial,
Mais je l'ai eu !
Tu te rends compte ?'

Je la DÉVISAGE, bouche bée.

Tu as quoi ?

'Assistante maternelle',

elle dit, les joues rosies par la fierté.

'Je m'occuperai d'un bébé,
juste un seul.

La famille est gentille.
Ils habitent pas très loin,
L'argent ça nous aidera –

Et je pourrai toujours coudre
Le soir
Si j'ai encore de l'énergie.'

Elle se met à rire.

Je regarde ma mère
Pour la première fois, j'ai l'impression.

Et je la vois
Sous la souffrance
Qu'elle a toujours portée.

Sous sa peur,
Tout ce temps,
Elle était là.

Et je pense
À la beauté
Qui est

Partout.

J'aurais dû voir la sienne
Depuis longtemps.

PARTIE 4

Deuxième round

Septembre à nouveau,
Et maman a raison.
On peut tout recommencer
À nouveau,
Comme changer de draps,
Comme un matin enveloppé de soleil,
Comme le vert vif
Des arbres qui poussent encore ici,
Malgré les voitures et le vacarme
Et les trous
Dans la route
Dont s'échappe
La tige d'une fleur
Brillante.
Dorée.

Je me dirige
Entre des portes grandes ouvertes

Dans le bruit
Et le chaos d'un autre monde.
Mais on est tous nouveaux ici,
Alors
Je redresse les épaules,
Je me grandis,
Et prête,
Je souris
Aux étrangers
Et je leur dis bonjour.

Une volée de pas
Derrière moi, tout près,
Sur le point de m'attraper –
Je me retourne pour voir
Rosie, qui accélère, le souffle court, et rit
D'entrer ici, à mes côtés.

La cloche sonne,
Le moment est venu –

Fin.

Remerciements

Le plus grand merci du monde à Bella Pearson, éditrice en or ; merci mille fois, Bella, d'avoir cru en ce livre et de l'avoir fait émerger dans le monde. C'est un honneur d'être autrice chez Guppy.

Merci beaucoup à mon agente Hilary Delamere de The Agency, dont l'expertise et l'aiguillage ont été un véritable don du ciel. Merci à Jessica Hare également pour son soutien. Énorme merci à Ness Wood, Hannah Featherstone, Catherine Alport, Sam Webster et toute l'équipe de Guppy pour leur travail acharné et d'être aussi merveilleux.

À ma famille (mais surtout ma mère et Emily et Margy, et tous les Barry), et à Juliette – la meilleure amie possible au monde – merci pour tout ce que vous faites pour m'aider. Énormes baisers à Oliver et Guy et tout le clan Reid pour votre soutien indéfectible.

Merci au groupe d'écriture SCBWI du nord-ouest pour les encouragements inestimables, la camaraderie et les commentaires. Merci à Sarah M-J, qui me regonfle toujours ma confiance en moi ; à Alexia Casale d'avoir lu une première version et de m'avoir généreusement donné des conseils géniaux et son amitié ; et à la merveilleuse Amanda Jennings, qui a été d'une aide gigantesque quand j'en avais besoin. Merci aussi à Teri Terry pour son soutien constant et sa gentillesse.

Merci géant à tous les autres auteurs et autrices qui m'ont soutenue si généreusement.

À mes estimés collègues du collège de Loreto, d'Altrincham, et à Jane Beever pour sa gentillesse ; vous êtes merveilleux, tous. Mention spéciale à toutes les fantastiques jeunes filles à qui j'ai la chance de faire cours.

Merci à tous les lecteurs et lectrices, blogueurs et blogueuses et libraires qui rendent si gratifiante l'écriture de livres pour ados, et qui soutiennent mon écriture depuis le début. Merci en particulier au génial Lucas Maxwell et à Rachel Hodgson, Ros Harding et Gill Lewis, qui m'ont accueillie dans leurs merveilleux établissements.

Merci à mon père, David Barry – qui adorait la poésie, mais qui sait ce qu'il aurait dit d'un livre comme celui-ci ?...

Et plein d'amour et de mercis à Alistair, Eve et Scarlett – vous êtes fabuleux.

Le harcèlement scolaire est un délit puni par la loi française.

Si vous êtes victime ou témoin de harcèlement et/ou de grossophobie, il faut en parler à un adulte de confiance, à un·e professionnel·le (médecin, assistant·e social·e, avocat·e...) ou à une association spécialisée qui vous accompagnera.

On parle de harcèlement lorsqu'une personne subit de façon répétée des violences verbales et/ou morales (surnoms méchants, insultes, moqueries, brimades, rejets du groupe, etc.), des violences physiques (bousculades, coups), des vols. Ces attaques peuvent se prolonger sur les réseaux sociaux, par SMS ou par email ; il s'agit alors de cyber harcèlement.

Numéros d'urgence

17 La police et la gendarmerie

15 Les urgences médicales (SAMU)

18 Les pompiers

112 Les services d'urgence européen

114 En remplacement du 15, 17 et 18 pour les personnes sourdes ou malentendantes

Qui contacter en cas de harcèlement ?

119 Numéro national dédié à la prévention et à la protection des enfants

0800 235 Fil Santé Jeunes https://www.filsantejeunes.com/

3020 Numéro national pour signaler un cas de harcèlement

3018 Numéro national pour signaler un cas de cyber-harcèlement

Une application 3018 est également disponible.

Non au harcèlement | https://www.education.gouv.fr/non-au-harcelement

Le site du ministère de l'Éducation nationale, de la Jeunesse et des Sports apporte des ressources, des modes d'action, que l'on soit victime, témoin, parent ou professionnel.

Cet ouvrage a été mis en pages
par DV Arts Graphiques à La Rochelle

Impression réalisée par
GRAFICA VENETA
en août 2023
pour le compte des Éditions Bayard

Imprimé en Italie